KB113214

이주향의 삼국유사,
이 땅의 기억

Lee Juhyang's Samguk Yusa, Memories of our land

Written by Lee Juhyang.
Photographed by Chung Sunja.
Published by Sallim Publishing, 2018.

이주향의 삼국유사,
이 땅의 기억

글 이주향
사진 정선자

살림

진전사지 3층 석탑.

시작하면서

우리는 이 땅의 기억

어느 날 『삼국유사』가 내게로 왔습니다. 곰이 사람이 된 이야기, 아기를 넣고 끓인 쇳물로 종을 만든 이야기, 만 가지 시름을 쉬게 하는 피리 이야기 등 황당한 이야기가. 믿을 수 없는 이야기라 여기고 바람에 날려버린 이야기들이 어느 날 바람을 타고 내게로 와 내 스승이 되었습니다. 내 안에, 우리 안에 있는 힘이 무엇인지를 일깨우는, 소크라테스의 등에 같은 스승!

말년에 일연 스님이 『삼국유사』를 집필했다는, 군위의 인각사麟角寺는 상상했던 것보다도 규모가 작습니다. 그때 그 시절에도 작은 절이

었다고 합니다. 하긴 사람이 커야지 절만 커서 뭐할까요.

그런데 무엇이 사람을 크게 보이게 만드는 걸까요? 지위가 높아서일 수도 있고, 일가를 이룬 업적 때문일 수도 있겠습니다. 그러나 그런 것으로는 끝까지 크게 보이지 않습니다. 자기를 내세우지 않는 사람됨, 그러니까 작아질 수 있어야 큰사람입니다.

평범한 우리 눈에도 일연 스님이 큰사람으로 보이는 것은 『삼국유사』를 써내려가면서도 철학으로 포장된 그의 아집이나 아상을 찾아볼 수 없다는 데 있습니다. 그는 천 년이 지나가도 남을 중요한 책을 쓰고 있다는, 그런 망상도 없었습니다.

나는 생각합니다. 『삼국유사』는 스님의 창작품이 아니라고. 그것은 이 땅이 낸 이야기, 이 땅의 이야기라고. 그 이야기의 힘을 알고 있었던 그는 그저 그 이야기를 모았을 뿐이라고. 중요한 이야기에 사족을 붙이지 않을 수 있는 힘은 아무나 있는 것이 아닙니다. 아집을 극복하지 않으면 안 됩니다.

물론 그는 이야기 하나하나 말미마다 자기 느낌을 밝혀놓고 있는데 그것은 단순한 감상이나 사족이 아닙니다. 그것 자체가 한 편의 시, 한 편의 노래입니다. 그를 공감하며 그를 스승으로 느끼며 나는 생각합니다. 그 안에 있었던 천 년의 이야기가 지금 내 속에도 있다고. 내 안의 만파식적은 그가 전해준 이야기에 공명하며 갈피 모를 그리움을 간직하고 있습니다.

「비문」에 따르면 그는 말에 농담이 없고, 성품을 꾸미지 않고, 진정으로 사물을 마주한 사람이었다고 합니다. 그중에 내 마음을 움직인 것은 '진정으로 사물을 대하셨다'는 대목이었습니다. 진정한 삶은 사물에 대한 지식을 쌓는 데 있지 않습니다. 그보다는 사물을 있는 그대로 음미하고 존중할 줄 아는 데에 있습니다. 꽃 하나를 가꿔도, 우는 아이를 돌봐도, 물건 하나를 내려놓아도 부드러운 손이 있습니다. 그 부드러운 손으로 일연 스님은 편견 없이 바람이 전하는 이야기를 써내려간 겁니다.

일연 스님이 전하는 그 이야기들을 찬찬히 뜯어보고 있으면 운명이 어떻게 나를 찾아오는지, 운명의 바람을 맞으며 나는 어떻게 자유로워질 수 있는지 돌아보게 되고, 눈에 보이는 것을 넘어 보이지 않는 것을 더듬게 됩니다.

그 시절에 국존國尊; 국사國師까지 했으니 최고의 지위에 오른 스님인 건데 그는 어디서나 자기를 주장하지 않고 자연스럽게 흐르는 대로 흘렀던 것 같습니다. 문수오자주文殊伍字呪로 수행을 했다는데 그것이 무엇인지는 알 길도 없습니다. 다만 문수신앙을 가졌던 자장 스님을 본능적으로 이해했던 것으로 미루어보면, 그가 문수오자주를 통해 얻은 경지를 조금, 아주 조금 짐작할 수 있을 것도 같습니다.

"삼계三界가 환몽幻夢이구나, 대지에 털끝만큼의 장애도 없음을 보았노라."

수행으로 그가 얼마나 자유로워졌는지 느낄 수 있는 대목입니다.

스스로를 풀어주지 못한 이는 결코 타인을 자유롭게 풀어줄 수 없지요? 그는 스스로를 자유롭게 하고 그 힘으로 편견 없이 조작 없이 이 땅이 낸 이야기를 있는 그대로 전할 수 있었던 것이 아닐까요?

국사로 임명한 왕명을 뿌리치고 멀고 먼 땅 군위의 인각사로 내려간 것은, 아홉 살 때 자신을 출가시킨 후 평생 과부로 지낸, 늙으신 어머니를 모셔야 한다는 이유였습니다. 늙고 병들고 가난한 어머니를 모시는 일이 화려한 왕을 돕는 국존의 일보다 자연스러웠던 스님이 큰스님 아니면 누가 큰스님일까요. 아마 그는 스님이란 이름에도 집착하지 않았을 것입니다.

그리고 거기서 그는 몽골의 침입으로 피폐해질 대로 피폐해진 산야와 거칠어질 대로 거칠어진 민심들이 잃어버렸을지도 모르는 삶의 노래들, 원형의 이야기들을 적어나간 것입니다.

이야기들을 적은 방식을 보면 일연 스님은 꼼꼼한 사람이었던 것 같습니다. 이야기의 출처를 똑똑히 밝히고 있으니까요. 몇천 년을 흘러오고 몇백 년을 흘러온 이 땅의 이야기, 그 근본적인 이야기를 들려주고 있는 것입니다.

꼼꼼하지도 못하고 체계적이지도 못한 나는 『삼국유사』를 좋아하지만, 그가 정리한 순서에 따라 읽지는 않습니다. 그저 나는 어느 날 내게로 온 이야기를 찬찬히 들여다보는 일을 좋아합니다. 어느 때는 자나 깨나 달달박박과 노힐부득 이야기를, 어느 때는 자나 깨나 에밀레 종 이야기를 품은 적이 있습니다. 나를 깨운 한 편 한 편의 이야기가 너무 좋은 나는 다시 한 번 똑똑히 말할 수 있습니다. 『삼국유사』는 이 땅이 낸 이야기고, 그래서 내 속에, 우리 속에 있는 이야기라고. 그 이야기는 이 땅의 기억이라고. 나아가서 우리 자체가 이 땅의 기억일지도 모른다고.

그 이야기들을 소화하는 일은 이 땅을 이해하는 일이자 나를, 우리를 이해하는 일입니다. 마지막 장은 『삼국유사』에는 실리지 않았으나 내가 좋아하는 이 땅의 이야기를 같은 맥락에서 넣었습니다. 여기 많은 글이 두 일간지에 '신화로 읽는 세상'과 '이주향의 이야기와 치유의 철학'이라는 이름으로 연재했던 것임을 밝혀둡니다.

사진을 찍은 정선자 선생은 내가 좋아하는 오랜 친구입니다. 마라토너로서 세 시간 대 보스턴 마라톤 기록까지 가지고 있는 그녀는 아마추어 사진작가이며, 사물이 언제 자신을 드러내고 싶어하는지 본능적으로 아는 것 같습니다.

몇 장의 사진을 얻기 위해 시간을 기다리고 여명을 기다리고 밤을

"삼계가 환몽이구나.
대지가 털끝만큼도 장애가 없음을 보았노라."
일연 스님의 말씀입니다.

기다리고 날씨를 기다려 사진을 찍었습니다. 나는 그저 고마웠는데, 그녀는 이렇게 말합니다. 여행길에서 만난 사물들과 사람들이 '나'를 만나게 해주는 시간이었다고, 그래서 일연 스님이, 『삼국유사』가, 그리고 이 땅과의 인연이 모두 감사하다고. 함께 작업하자고 제안했을 때 선뜻 기쁘게 응해준 그녀에게 다시 한 번, 함께 해서 행복했고, 그래서 고맙다는 말을 공식적으로도 전하고 싶습니다.

이 책을 만드는 데는 병마와 싸우는 중에도 직접, 이 책을 편집해준 편집자가 있었습니다. 돈, 명예, 야심, 건강, 사랑, 견문, 꿈, 한때 우리 인생이 지향했던 것이고 우리를 빛나게 했던 것들입니다. 그런 것들을 잃어버리며 삶이 흔들릴 때 오두방정 떨지 않고 곰처럼 우직하고 미련스럽게, 도무지 넘어갈 것 같지 않던 쑥과 마늘을 삼키며 누구도 대신해줄 수 없는 인내의 시간을 채우다보면 고통이 찾아와 풀어놓고 간 생의 의미를 만질 수 있게 되지 않을까요? 그런 마음으로 책을 만들었을 그녀에게 진심으로 감사의 마음을 전합니다.

2018. 10.

이주향

차례

감은사지 석탑.

제1장

내 안의 만파식적

내 안의 만파식적萬波息笛

에밀레, 그대를 위하여 울리는 종이리니

용궁에서 온『금강삼매경』

원효와 두 여인

내 안의 만파식적萬波息笛

만파식적萬波息笛, 만 가지 파도를 쉬게 하는 피리입니다. 만사를 해결하는 그 피리는 신라 신문왕의 피리지요. 신문왕은 당唐을 몰아내고 한반도 패권을 장악한 문무왕의 아들입니다. 어느 날 그는 죽어서 용이 된 아버지가 묻혀 있는 동해 바닷가로 나가면 값으로 칠 수 없는 보물을 얻게 될 거란 애기를 듣습니다. 왕은 바닷가로 나가고 거북 머리처럼 생긴 섬 위의 대나무를 봅니다. 만파식적은 그 대나무로 만든 것입니다.

나는 옛날부터 만파식적 이야기를 좋아했습니다. 그 황당한 이야기

"왕은 바닷가로 나가고
거북머리처럼 생긴 섬 위에 대나무를 봅니다.
만파식적은 그 대나무로 만든 것입니다."

감포 앞바다의 문무대왕릉.

가 나를 무장해제시킨 것은 무엇보다도 그 이름 때문이었습니다. 만 가지 시름을 쉬게 하는 피리가 있다니! 바람 일고 파도치는 거친 세상살이에 지쳐 허우적거릴 때 이름만으로도 그것은 보물이었습니다.

무심히 불면 적이 물러가거나 병이 낫거나 날이 개는 피리, 신기하고 신비하지 않나요? 그러나 거꾸로 생각하면? 만파식적을 얻게 되기까지 우리는 얼마나 많은 적병을 만나야 하는 걸까요, 대나무는 얼마나 많은 비바람을 맞아야 하는 걸까요. 내 마음속의 용은 또 얼마나 긴 시간을 자기 욕망에 다치며 이무기의 시절을 겪어야 하는 걸까요.

만파식적은 바다에서 옵니다. 그 바다는 '나'를 삼킬지도 모르는 막막한 바다, 무의식의 바다입니다. 그 바다는 어머니의 바다가 아니라 아버지의 바다입니다. 아버지가 죽어서도 죽지 못하는 바다입니다. 어머니의 바다가 사랑과 욕망의 바다라면, 아버지의 바다는 수호와 사명의 바다, 결연한 의지의 바다입니다.

신문왕은 죽어서도 죽을 수 없었던 아버지의 염원을 이해했던 것 같습니다. 그는 아버지가 미처 완공하지 못한 감은사를 완공하고, 금당 뜰 아래에 동쪽을 향해 구멍을 하나 뚫어두었습니다. 용이 된 아버지를 지상으로 부르는 길, 아버지의 염원이 흐르는 길입니다. 신문왕의 의지는 그렇게 아버지의 염원에 잇대 있었습니다.

당신의 꿈은 어디서 오나요. 아버지, 혹은 '아버지'라 부르고 싶은 꿈의 대부, 의지의 대부가 있는지요. 우리나라 최초의 여성 헬기 조종사 피우진 보훈처장을 보면 아버지 딸로서의 의지가 보입니다. 그녀가 얼마나 아버지를 사랑하고 자랑스러워하며 성장했는지도. 그녀의 꿈과 끈기와 용맹함 속에서 나는 그녀의 '아버지'를 봅니다.

아버지의 꿈, 아버지의 의지에 잇대 있는 그것이 바로 '효도'의 정신 아닐까요. 사실 효도라는 말은 전근대적인 말입니다. 그래서 효도가 명령이나 강요나 맹목이 되면 숨이 막힙니다. 그러나 부모의 꿈과 경험을 존중하거나 이해하지 못하는 삶은 부평초처럼 떠돌 수밖에 없습니다. 부모는 우리의 뿌리이고 전생이기 때문입니다. 거기, 아버지에게는, 어머니에게는 나의 꿈, 나의 절망, 나의 열정의 씨앗이 있습니다. 그것을 돌보지 않고 어찌 만 가지 시름을 쉬게 하는 피리를 얻을 수 있을까요.

그 피리는 낮에는 둘이었다가 밤에는 하나가 되는 대나무로 만들어졌다지요? 『삼국유사』는 이렇게 기록하고 있습니다.

"왕은 감은사에서 묵었다. 이튿날 오시午時에 그 대나무는 합하여 하나가 되었다. 그때 천지가 진동하고 비바람이 몰아쳐 세상은 혼돈한 어둠에 잠겨버렸다…… 어둠의 상태는 7일간 계속되었다."

희한하지요. 낮에 둘이었다가 밤에 하나가 되는 대나무가 정오에 하나가 되었다니. 당연히 오시午時는 물리적 시간이 아니겠습니다. 정오는 대나무가 합하여 하나가 된 시간, 깨달음의 시간입니다. 그러고 나서도 대나무는 7일의 어둠을 견뎌야 합니다. 깨달음을 얻은 현자가 깨달은 후 보림에 들어가는 것과 같습니다.

만파식적이 될 수 있는 대나무로 거듭나는 날의 수, 7은 변화의 수입니다. 그것은 천지창조의 수數고, 수메르의 영웅 길가메시가 영생을 얻기 위해 깨어 있어야 했던 날의 수입니다. 변화는 하루아침에 이루어지지 않습니다. 고통을 견디며 단단해져야 넉넉한 소리가 나옵니다. 어둠의 시간 없이 새로운 세계는 열리지 않습니다.

에밀레, 그대를 위하여 울리는 종이리니

켈트족이 예식을 올렸던 신성한 땅에 성모 마리아를 기리며 노트르담 성당이 세워졌습니다. 노트르담의 종지기 콰지모도는 흉측한 몰골로 아름다운 영혼을 지키며 운명 같은 사랑의 실타래를 풀었지요. 콰지모도가 귀먹어가며 귀가 열리는 소리를 만들어낼 때 존던John Donne은 이렇게 썼습니다.

"누구를 위해 종이 울리는지 알려고 사람을 보내지 말라. 그대를 위하여 울리는 종이리니."

파리에 콰지모도의 종이 있다면 우리에게는 에밀레 종이 있습니

"에밀레종, 아기를 잡아먹고서야 비로소 맑은 소리를 냈다는 종입니다.
에밀레 종을 영혼의 종으로 만든 것은
엄마의 생명이 아기이기 때문입니다."

성덕대왕 신종의 부조.

다. 당신은, 당신을 돌려세우는 종소리를 들어본 적이 있으신지요. 위기상황에서 엄마를 부르는 아이의 비명처럼 간절하면서도, 간절함을 넘어 장엄해진 에밀레 종소리를.

에밀레 종, 너무나 유명한 종입니다. 아기를 잡아먹고서야 비로소 맑은 소리를 냈다는 종이지요? 원래의 이름은 성덕대왕聖德大王신종神鍾인데, 공식적인 이름은 그저 표지판에 붙여만 두고, 바람이 전하는 대로 다들 '에밀레 종'이라 부릅니다.

신라 성덕왕의 공덕을 기리며 만든 종은 12만 근이나 되는 구리를 쓰고도 제대로 소리를 만들지 못했습니다. 무엇 때문일까요? 스님들은 보시하기로 한 아기를 거절한 데 있었다고 결론을 내렸습니다.

종을 만들기 위해 탁발에 나선 스님은 한 가난한 집에 들렀습니다. 그런데 보시할 재물이 없었던 여인이 "이 아기라도" 했나보지요? 그것이 여인의 진심이었을까요, 농담이었을까요. 어쨌든 화들짝 놀란 스님은 아기를 받지 못하고 빈손으로 그 집을 나왔습니다.

그런데 종이 소리를 내지 않자 상황이 달라졌습니다. 왜 멀쩡하게 형상을 갖춘 종이 소리를 내지 못하는지. 종이 소리를 내지 못하는 것은 바로 보시를 거절한 데 있었다고 본 것입니다.

탁발은 구걸이 아닙니다. 보시를 받는 탁발은 그 자체가 보시행입니다. 그것은 부처와 그 제자들이 하루 일곱 집을 돌며 많이 주든,

적게 주든, 인색하게 주든, 기분 좋게 주든, 안 주든, 못 주든, 좋아하지 않고 욕하지 않고 주면 주는 대로, 안 주면 안 주는 대로 그대로 받는 데서 유래합니다. 그대로 받아 그대로 올려 그대로 생명을 돌보는 데 쓰는 것, 이것이 탁발의 정신입니다.*

화주 스님은 그 엄마의 집을 찾아 기어이 아이를 받아냈습니다. 종을 만드는 끓는 쇳물 속으로 소중한 아기가 들어간 거지요. 아이를 삼킨 쇳물은 비로소 인간이 만들어낼 수 있는 가장 위대한 종을 만들어냈다지요? 엄마의 보물인 아기를 삼키고, 엄마의 비명을 삼키고, 그러고 나서 종은 깊고 오묘한 일승一乘의 원음, 열반적정涅槃寂靜의 소리를 내게 된 것입니다.

어린 시절 이 얘기를 들었을 때 나는 어른들이 이상했습니다. 어떻게 산목숨을 끓는 쇳물 속에 던져 넣을 수 있을까요? 이 얘기를 들려주던 할아버지는 아기를 보시하기로 한 엄마가 말을 잘못한 것이

---

* "제가 가난한 마을에 탁발을 나간 적이 있습니다. 그때 유마 거사가 와서 이렇게 말했습니다. 대가섭이여, 그대는 모든 이에게 자비심을 골고루 베풀지 않고 가난한 마을만 찾았습니다. 가섭이여, 순서대로 평등하게 밥을 빌어야 합니다. 마을에 들어가서는 마음을 공(空)으로 보고 물건을 보아도 집착하지 말아야 합니다. 한 끼의 밥은, 모든 중생에게 마음을 베풀고, 또 그 밥을 모든 부처님과 성자에게 바친 후에 먹어야 합니다. 그곳에서는 세간에 머무는 집착도 없고 그렇다고 열반에 머물고 미망을 피한다는 생각을 내서도 안 됩니다. 가섭이여, 보시하는 사람이 있을지라도 복의 대소에 차별을 두지 않아야 하며 또 순익을 계산하는 일이 없어야 합니다. 이와 같이 한다면 남이 베푸는 것을 헛되이 하지 않는 것입니다."

라고 했습니다. 농담으로도 함부로 약속하는 것이 아니라는 거지요. 하늘은 때때로 자기조차 잊은 말의 빚을 받으러 온답니다. 그래도 끔찍함은 해소되지도, 지워지지도 않았습니다.

그렇게 내 마음 밭에 떨어진 이 이야기가 어느 한 시절을 거치며 싹을 내고 꽃을 피웠습니다. 그런 시절이 있지 않나요? 명치끝에 걸려 소화되지 않는 음식물처럼 걸려 있는 시절! 밖으로 뻗어나가지 못하는 열정이 스스로를 태우며 까맣게 타들어가는 까마득한 절망의 때, 밑이 보이지 않는 아득한 상실의 바닥에서 쇳물 끓듯 끓던 시절!

그런 시절을 겪으며 『그리스인 조르바』를 쓴 니코스 카잔차키스는 자기 십자가를 지고 골고다로 오르는 피 흘리는 예수를 찬양했습니다. 대부분의 인간은 두려움 때문에 고통의 길, 골고다 정상에 올라 십자가에 못 박히지 못하고 고통을 회피할 뿐이라고. 에밀레 종은 소중한 것을 잃는 고통을 회피하지 않고 정면을 마주할 수 있는 자의 종입니다.

에밀레 종을 영혼의 종으로 만드는 것은 엄마의 생명인 아기입니다. 그 엄마에게 아기는 그녀가 가진 모든 것입니다. 당신에게 당신의 모든 것이라 할 수 있는 소중한 무엇이 있나요? 바로 그것을 잃어버리고 잃어버린 것을 놓지 못해 에밀레, 에밀레 우는 내면의 울음소리

"소리의 감동은 구리나 철근의 양에서 생겨나지 않습니다.
'나'를 돌이키는 소리는 내가 사랑하고 매달리는 것,
집착인 줄도 몰랐던 그것을 제물로 일어납니다."

에밀레 종이라 불리는 성덕대왕 신종.
연화대에 앉아 공양하는 비천상. 연꽃을 들고 있다.

를 들으며 헛손질만 하는 시간, 삶이 다 끝난 것 같은 그 상실의 끝에서 이러지도 저러지도 못해 그저 털썩 주저앉아 비명 같은 눈물을 쏟아낸 적이 있는지요. 소중한 것을 제물로 내줘야 하는 '나'의 비명에 스스로 놀라지도 않고, 남에게 호소하거나 떠벌리지도 않고, 그저 조용히, 그리고 가만히, 자기 비명을 들어본 적이 있는지.

미워서, 억울해서 참을 수 없는 분노가 올라올 때 그 마음을 그대로 둔 채 마음을 돌이켜 이것이 무엇인가, 이것이 무엇인가 묻다보면 내 소중한 아기를 삼키며 쇳물 끓듯 끓던 마음이 차분해집니다. 장중한 소리는 거기서 올라옵니다.

그 행위가 바로 연금술사들이 금을 만드는 비밀 용기, 헤르메스의 그릇, 헤르메티스가 아닐까요. 그 용기가 비밀 그릇인 것은 오롯이 홀로 하는 작업이기 때문입니다. 남의 시선이 내 경험을 오염시키지 않도록. 내 안에 내 고뇌와 슬픔과 아픔을 담아둘 헤르메티스가 없거나 깨지면, 금은 만들어지지 않습니다, 변화는 일어나지 않습니다. 아기를 바치기 전, 성덕대왕 신종이 자꾸 금이 가고 소리가 나지 않았던 이유겠습니다.

소리의 감동은 결코 구리나 철근의 양에서 생겨나지 않습니다. '나'를 그치게 하는 소리, '나'를 돌이키게 하는 소리는 내가 사랑하고 매달리는 것, 없으면 안 된다고 집착하고 있었던 것, 집착인 줄도 몰랐던 그것을 제물로 일어납니다. 고통의 파도가 일어나 내 마음을 찢고 나를 파괴하고 있을 때 드라마를 보듯, 남의 이야기를 듣듯 거리를 두고 마음에서 일어나는 고통의 춤을 바라보고 있노라면 어느새 '나'는, 경험 너머에서 경험을 가능하게 하는 그 무언가에 도달하는 길 위에 있습니다. 가장 소중한 것을 잃고, 그 잃은 것이 '나'에게 이르는 제물이었음을 고백하게 될 때 일승의 원음, 진리의 둥근 소리, 에밀레 종소리가 들립니다. 그대를 위해 울리는 종소리가.

용궁에서 온 『금강삼매경』

아시시에서 프란체스코의 흔적을 만지고 온 친구는 프란체스코야말로 예수 이후 예수의 정신을 가장 온전하게 실현한 자유인이었다고 고백합니다. 맨발에 누더기를 걸치고 다녔어도 빛났던 현자, 프란체스코와의 만남으로 다시 태어난 기분이라 합니다.

붓다의 동아시아 제자 중에 누가 붓다의 정신을 가장 잘 계승하고 있을까요. 혹 원효 대사가 아닐까요. 티끌 속에 우주가 있다고 가르치는 존재가 붓다인데 크고 작은 것, 길고 짧은 것을 잰다는 것이 무슨 큰 의미가 있을까요. 그럼에도 원효를 큰스님이라 하는 데는 이유가 있겠습니다.

고통은 어디에서 올까요? 부처님이 이르시길, 집착에서 온다고 합니다. 그러니 사랑하는 사람도, 미워하는 사람도 만들지 말라고, 사랑하는 사람은 못 만나 괴롭고, 사랑하는 사람은 만나 괴롭다고 하십니다. 그러나 그 사실을 안다고 사랑하거나 미워하거나 하지 않을 수 있을까요. 사랑하고 미워하는 그 자리가 바로 내가 태어난 자리이고, '나'의 삶의 켜가 쌓여가는 자리인데 말입니다. 동아시아에서 가장 큰스님이라 할 수 있는 원효를 두고도 당대의 고승들이 시기하고 미워했던 흔적이 있는 것을 보면 집착과 미움을 제대로 감당하는 일이 쉬운 일은 아니겠습니다. 원효의 이야기는 송宋나라에서 편찬한 『고승전高僧傳』에도 나옵니다.

신라국 왕비가 병이 들었답니다. 뇌에 종기가 난 것이지요. 왕비의 병을 고치기 위해 온 나라가 정성을 쏟았으나 백약이 무효였습니다. 그때 한 무당이 예상치 못한 약방문을 내놨습니다. 바다를 건너야 왕비를 치료할 약을 구할 수 있다는 거였습니다. 약을 구하러 가기 위해 서해를 건너는 사신의 배는 풍랑을 만나고, 풍랑 속에서 한 할아버지가 나타나 그를 용궁으로 안내합니다. 용왕 금해가 사신을 기다리고 있었던 것입니다.

왕비의 병을 고치는 약으로 용왕이 준 것은 알약이 아니라 『경전』

황룡사 금당지.

(위) 황룡사 금당지. 앞에 목탑이 있었던 자리가 보인다.
(아래) 황룡사 옆의 이름 모를 폐사지.

이었습니다. 용왕 금해는 30쪽가량의 종이뭉치를 사신의 허벅지 속에 넣고 꿰매주었습니다. 이것이 바로 『금강삼매경金剛三昧經』이라네요.

"인간의 세계로 돌아가 『경經』을 꺼내 대안大安에게 주어 그 순서를 맞추게 하고, 원효에게 그 『경』을 설하게 하라. 그 누구도 할 수 없는 일이다. 그렇게 하면 왕비의 병이 나을 것이다."

희한하지 않은가요. 아픈 것은 왕비의 몸인데, 그 약이 『경』이고 깨달음이라니. 그러니까 일심一心의 근원 자리를 설하고 있는 『금강삼매경』은 왕비의 병이 없었다면 세상에 나오지 않았을 것입니다. 그래서 몸에 병이 없기를 바라지 말라고, 몸에 병이 없으면 탐욕이 생기기 쉽다고, 병고病苦로서 양약을 삼으라고 했나봅니다. 병이 있는 자리, 고통이 있는 자리가 깨달음이 생기는 자리니.

왕비는 누구일까요? 용왕 금해는 신라국과 인연이 있어 태어난 왕비를 두고 본디 청제 부인의 셋째 딸이라 했지만, 왕국에서 왕비는 드러나지 않은 중심입니다. 공화국이라면 국민이겠습니다. 왕비가 병이 들었다는 것은 세상이 중심에서부터 병들었다는 것입니다. 하늘이 내고 바다가 낸, 하늘 아래 백성들이 고통에 시달린다는 것, 아니겠습니까.

기습적으로 우리 삶을 덮치고 있는 고통 속에서 괴롭다고, 아프다고 속울음을 삼키는 우리들의 눈물이 금강삼매에 이르는 길입니다.

그러나 아무나 그 길을 놓지 못합니다. 진흙 같은 고통에서 연꽃이 피기 위해서는 대안이 맞추고, 원효가 설해야 합니다. 대안은 누구일까요? 큰 평안이라는 이름의 그는 그 누구도 원효를 알아보지 못했을 때 원효를 알아본 허름한 노인, 누더기 속에 자기를 감추고 다닌 현자입니다.

마침내 황룡사에서 『금강삼매경』을 설하는 원효가 이렇게 입을 여니 스님들이 부끄러워 참회를 했답니다.

"옛날 서까래 100개를 가지고 지붕을 덮을 때는 내가 없더니, 오늘 한 개의 상량을 걸칠 때는 오로지 나 홀로 책임을 지는구나."

과거 인왕경 법회 때 100명의 큰스님들이 초청되었습니다. 그런데 스님들은 눈에 보이는 작은 흠집을 들어 원효 초청을 반대했고, 그 때문에 원효는 그 집회에 초대되지 못했습니다. 부끄러워 참회를 했다는 스님들은 자신의 짧은 안목에 대해 참회를 했겠으나 어찌 원효가 과거 초청되지 못한 데 대한 앙갚음으로 그런 말을 했겠습니까.

상량감이 있고 서까래감이 있습니다. 매끈한 서까래를 상량으로 쓸 수는 없습니다. 그리고 상량감은 서까래에 기웃되지 않습니다. 뭐든 자기 자리가 있습니다. 자기 자리를 잘 찾아가는 것, 그것이 지혜일 것입니다.

원효와 두 여인

생각은 사실도 아니고 진실도 아닙니다. 그것은 사태를 해석하는 힘이면서 동시에 선입견과 편견의 창입니다. 진실은 좋고 싫은 것, 옳고 그른 것을 나누고, 판단하고, 취하고, 버리려 하는 우리 지향성 너머에 있는 것인지도 모릅니다.

해골에 담긴 물인 줄 모르고는 달게 들이켰는데 그것이 해골에 담긴 물이었음을 안 순간 토해버렸다는 원효의 이야기는 생각이 실재를 어떻게 왜곡하는지 극명하게 보여줍니다. 우리가 우리의 생각을 고집스럽게 붙들고 있는 한 우리의 삶은 우리 생각의 무늬로 채색된

관음은 원효를 “불구부정不垢不淨이라”
가르치려들지 않았습니다.
그저 그대로 두었을 뿐, 자유롭게 내버려두었는데,
관음상 앞에 도달한 원효가 스스로,
빨래하고 있던 여인이, 벼를 베고 있던 여인이
관음이었음을 깨달은 거지요.”

낙산사 해수관음보살상.

업 놀음일 뿐입니다. 스스로 만든 관념의 감옥에 갇혀 사는 거지요.

원효를 원효元曉라 하는 것은 그 감옥에서 나온 자유인이기 때문입니다. 해골 물을 토하는 그 순간 원효는 일체유심조一切唯心造임을 깨달았다고 하지요? 일체유심조, 세상의 모든 일은 바로 마음의 장난, 마음이 만든 것입니다. 원효가 말했습니다. 마음이 일어나면 모든 것이 일어나고 마음이 멸하면 모든 것이 멸한다고. 그런데 그 마음을 어떻게 꿰뚫어볼까요?

생각을 돌이켜 생각을 일으킨 마음자리를 돌아보게 되기까지 생각은 생각을 낳고 어리석음은 어리석음을 낳습니다. 그때 원효의 "나무아미타불"이 필요한 거겠지요?

"나무아미타불, 나무아미타불……."

원효는 민초들과 함께 아미타불을 염송한 것으로 유명합니다. 그것은 스스로의 힘으로는 저 마음의 근원에 도달할 수 없는 민초들을 위한 자비의 노래이기도 했습니다. 『삼국유사』는 이렇게 쓰고 있습니다.

"그는 우연히 광대가 가지고 노는 큰 박을 얻었는데…… [그것을] 무애無碍라 이름 짓고 노래를 지어 세상에 퍼뜨렸다. 언제나 이것을 들고 수많은 마을을 돌아다니며 노래를 부르고 춤을 추었다. 노래로서 교화를 하고 돌아오니 가난뱅이와 떠돌이까지도 모두 부처님의 이름을 알게 되고 모두 염불 한 자락은 할 수 있게 되었다."

『삼국유사』에 나오는 원효를 느끼고 있노라면 문득문득 전해오는 편안함이 있습니다. 생각에 생각을 더하고 편견에 편견을 더하며 진창이 되어버린 삶에서 일순간 편견을 뚫고 생각을 깨고 나타나는 진실의 꽃을 본 느낌이랄까요. 아마 원효도 종종 생각의 진창을 경험했던 것 같습니다. 『삼국유사』에는 해골 물 이야기뿐 아니라 원효가 낙산사 가는 길에 만난 두 여인 이야기도 있으니까요.

낙산사는 원효의 후배 의상이 창건한 절입니다. '낙산'은 『화엄경』에 나오는 그 산, 관음이 살고 있는 보타락가산補陀洛迦山입니다. 동해안 바닷가 낙산사 동굴에서 의상은 관음보살의 진신眞身을 친견했다고 하지요.

후에 원효가 이 낙산사를 찾아온 것입니다. 같은 시대에 원효와 의상, 자장이 함께 있었으니 7세기 신라는 축복받은 땅이라 할 수 있겠습니다. 원효가 남쪽 교외에 이르니 흰옷 입은 한 여인이 벼를 베고 있었습니다. 장난기가 동한 원효는 그 여인에게 벼를 달라고 했더니 그 여인도 장난스럽게 이렇게 대답했답니다.

"벼가 제대로 열매 맺지 않았습니다."

익지 않은 벼를 베어낼 리 있겠습니까? 여인이 원효에게 볏단을 공양하지 않은 거지요? 그 여인을 지나 얼마쯤 걸어가니 개천이 흐

"후에 원효가 이 낙산사를 찾아온 것입니다.
같은 시기에 원효와 의상, 자장이 함께 있었으니
7세기 신라는 축복받은 땅입니다."

(위) 의상이 관음을 만났다는 낙산사 홍련암.
(아래) 해수관음보살상이 동해를 바라보고 있다.

르는 다리가 있는데 거기서 원효는 생리대를 빨고 있는 여인을 만납니다. 원효가 그 여인에게 먹을 물을 청하니 그 여인, 버드나무 가지 띄워 한 바가지 떠주면 좋을 것을, 그리하지 않고 그냥 생리대 빨던 물을 떠주는 것이었습니다. 원효는 그 물을 엎질러 버리고 다시 깨끗한 냇물을 떠서 마셨습니다.

물을 마신 원효가 길을 떠나려는데 들판의 소나무에 앉았던 파랑새가 "스님은 떠나지 마십시오"라는 말을 하고 자취를 감춥니다. 원효는 그 새를 찾기 위해 이리저리 소나무를 살피는데 새는 보이지 않고 소나무 밑에 신 한 짝이 놓여 있었습니다. 이상한 일입니다. 그러나 이상하다는 느낌이 드는 것도 잠시, 갈 길을 가야지요?

마침내 낙산사에 도착한 원효는 관음보살상 앞에 섰습니다. 그랬더니 거기 바로 또 다른 한 짝의 신이 놓여 있었답니다. 파랑새가 보여준 신의 다른 한 짝의 신이. 그 신은 관음의 신이었습니다. 낙산사로 가는 길, 원효가 만난 여인들이 바로 관음이었던 거지요?

『반야심경』에는 불구부정不垢不淨이라고 합니다. 더러운 것도, 깨끗한 것도 없다는 겁니다. 그런데 법 높으신 원효에게도 더러운 것이 있었네요?

나는 여기서 꿈처럼 나타난 관음의 태도에 주목합니다. 관음은 원효를 "불구부정!"이라 가르치려들지 않았습니다. 그저 그대로 두었을 뿐, 자유롭게 내버려두었는데 관음상 앞에 도달한 원효가 스스로 빨래하고 있던 여인이, 벼를 베고 있던 여인이 관음이었음을 깨달은 거지요. 도처가 관음이라는 것을 깨닫게 되기까지 우리는 관음의 벼를, 관음의 밥을 먹을 수 없고, 관음의 물을 마실 수 없습니다. 관음이 떠주는데도 말입니다.

백월산 앞에 펼쳐진 풍경.

제2장

나는 방랑자이자 산에 오르는 자

백월산의 전설, 그리운 것들은 백월에 빛난다!

백월산의 두 도인, 노힐부득과 달달박박

견훤과 왕건, 대립하는 리더

선화는 서동을 몰래 안고

단군, 손님이 신이다!

백월산의 전설,
그리운 것들은 백월에 빛난다!

2017년 여름 나는 알타이 산촌 마을에 있었습니다. 초원 곳곳에 하얀 게르가 찐빵처럼 박혀 있고, 실개천이 휘돌아 강으로 나가는 그곳에선 인간들이 소와 양, 그리고 말과 함께 살고 있습니다. 말을 타고 달리고 싶은 충동이, 불쑥불쑥 올라오는 곳입니다.

이곳에 사는 처자들은 돈 많은 남자가 아니라 말 잘 타는 남자를 좋아한답니다. 충분히 이해가 됐습니다. 내가 만약 이곳에 머물러 누군가와 살아야 한다면 나 또한 말 잘 타는 선한 남자를 골랐을 테니. 알타이족의 피 속엔 그렇게 초원이 있고, 초원을 달리는 말이 있

"보름달이 뜨니 천지가 하얗게 빛납니다."

백월산에 뜬 보름달.

고, 성근 별들이 박혀 있는 하늘이 있습니다.

초원이 넓으니 하늘도 넓고, 작은 산촌 마을에 보름달이 뜨니 천지가 하얗게 빛납니다. 달밤의 빛의 유희는 부드럽고도 신비합니다. 달빛에 의지해 실개천이 흐르는 흙길을 지나 나무다리를 건너니 돌길! 돌계단을 따라 한참을 올라가니 전망대 아닌 전망대가 나오네요. 마을 전역이 보이고 이어서 산등성이 너머 동쪽 하늘 휘영청 떠오른 백월白月! 달이 이렇게 가까운가요.

『삼국유사』에는 보름 전날의 달밤을 사랑한 당나라 황제가 나옵니다. 그날 백월이 뜨면 황제는 연못가를 거닐었답니다. 외로움마저 공명의 노래가 되는 밤, 백월이 뜨는 달밤에는 신기하게도 황제의 연못에 한 산이 나타납니다. 황제는 보름 전날 흰 달빛에 나타나는 그 산을 찾아 헤맵니다. 그런데 황제의 환상이기도 하고 그리움이기도 했던 그 산은 중국에 있지 않았습니다. 그 산은 신라에 있었습니다. 사신을 통해 어렵게 그 산을 찾은 황제는 그 산의 이름을 지어 보냈습니다. '백월'이었습니다.

창원에 가면 그 산, 백월산이 있습니다. 높은 산은 아니지만 봉우리들이 빼어납니다. 백월이라는 그 이름은 흰 달이 비추는 달밤의 풍경을 연상시키지요? 그리운 것은 모두 백월에 있다는 듯. 가까워도 다가갈 수도 없고, 다가갈 수 없어도 가깝다 느끼는 그 거리에 그리움이 있습니다. 그리움이란 무엇일까요? 더구나 백월이 뜨는 날 호수에 비치는 산을 그리워한다는 것은?

그것은 내 마음에 달이 들어, 백월이 들어 내 마음의 산을 찾게 하는 힘이 아닐까요. 『삼국유사』는 그 백월산에 두 명의 현자가 살았다고 전합니다. 부러울 것 없는 황제가 찾고자 한 그 산은 이름도 특이한 박박과 부득이라는 현자를 낸 산, 현자의 산입니다.

아마 그 황제는 그가 가진 엄청난 권력으로 매일매일 외로웠을 것입니다. 그의 기대치에 미치지 못하는 신하나 자식들 때문에 늘 화낼 준비를 하고 있고, 화를 내고 나면 쩔쩔매거나 달라지는 군상들을 보면서 권력의 화신이 된 자기 옆에는 아무도 없음을 알아차렸을지 모르겠습니다. 그때는 하늘을 보고 산을 찾아야 합니다. 불안과 불신과 분노에 흔들리는 내 마음의 중심을 찾아, 마음 깊숙한 호수에서 빛나는 산을 찾아 방랑할 준비를 해야 합니다. 차라투스트라는 이렇게 말했습니다.

"나는 방랑하는 자이자 산을 오르는 자다. 내 어떤 숙명을 맞이하게 되든, 내 무엇을 체험하게 되든 그 속에는 반드시 방랑과 산 오르기가 있으리라. 사람은 결국 자기 자신을 체험하기 마련이니."

미디안이란 사막지역에서 "나, 낯선 땅에서 나그네가 되었구나!"라고 탄식하며 방랑의 40년을 보낸 모세가 떨기나무의 불꽃으로 나타난 신을 만난 곳도 산이었고, 십계명을 받은 곳도 산이었습니다. 모세의 영성의 원천은 산입니다. 그것은 그가 아멜렉족과 싸울 때도 드러납니다. 이스라엘의 지도자로서 모세는 알렉산드로스, 칭기즈칸, 나폴레옹과 달리 앞서서 나가 싸우지 않았습니다.

젊은 날 나는 그것이 이상했습니다. 전쟁 중인데 지도자가 산 위에 올라가 기도나 하나니. 그런데 지금은 그런 모세가 좋습니다. 모세의 힘의 원천은 산에 올라 기도하는 것이었습니다. 모세는 알고 있었습니다. 어렵고 시끄러운 상황일수록 부동不動의 중심을 놓치지 말아야 한다는 것을.

그리운 것들은 산에서 오고, 백월이 뜨는 밤하늘에서 옵니다. 현대인은 그 밤을 잃어버렸습니다. 달밤에 소곤거리는 풀벌레 소리를, 실개천이 휘돌아나가는 물소리를, 달을 보고 기원하는 소녀의 청명한 눈동자를, 그 소녀를 사랑해서 밤새 말을 달려온 소년의 멈출 수 없는 심장을 잃었습니다.

안에서부터 올라오는 기쁨에는 뛰지 않고, 두려움에나 뛰는 가난한 심장을 가만히 지켜보면 거기, 갈 곳을 잃고 피곤에 지친 누군가가 있습니다. 그때는 산에 올라 밤하늘을 올려다보시지요. 보름을 기다리며 매일매일 달을 보십시다. 그리운 것들은 하늘에서 오고 밤하늘에 빛납니다.

백월산의 두 도인,
노힐부득과 달달박박

불가에서 '달'은 진리의 상징입니다. 명산이 명산인 것은 현자가 살기 때문입니다. 자, 이제 백월산에 살았던 두 현자, 이름도 이상한 노힐부득努肹夫得과 달달박박怛怛朴朴 얘기를 해보겠습니다.

어린 시절부터 동네친구였던 둘은 출가도 함께 했습니다. 출가해서도 둘은 친하게 지내며 재가승으로 그럭저럭 살았는데, 무상無相에 대한 감수성이 있어 "마음 편히 지내면서도 속세를 떠날 생각을 잠시도 버리지 않았다"고 합니다.

어느 날 둘은 의기투합하여 구도의 결단을 내리고 진짜 출가를 하

"박박은 판자 몇 개로 여덟 자짜리 방,
판옥을 짓고
아미타불을 모시고 살고."
창원의 백월산.

"부득은 바위 아래 물 흐르는 곳에
돌 무더기를 모아 뇌방을 짓고
미륵불을 모시고 살았습니다."
창원 백월산 정상.

기로 했습니다.

"세상에 얽힌 인연에서 벗어나 무상의 도를 이루자. 이 먼지 날리는 세상에 코를 허우적거려서야 어찌 중생의 무리에서 벗어날 수 있겠는가."

결단의 순간에 그들은 똑같이 신비하고 경이로운 꿈을 꿉니다. 서방으로부터 백호광白毫光이 비춰오고, 거기서 손이 내려와 머리를 어루만지는 것이었습니다. 그렇게 신비하고 아름다운 꿈으로 도움을 받는다는 것은 그들의 결단이 쉽지 않은 일이라는 뜻이겠습니다. 그들은 비로소 젊음도 버리고 가족도 버리고 마침내 종단도 버리고, 모든 것을 버리고 깊은 산으로 들어가 도를 구하기로 합니다. 박박은 판자 몇 개로 여덟 자짜리 방, 판옥板屋을 짓고 아미타불을 모시고 살고, 부득은 바위 아래 물 흐르는 곳에 돌무더기를 모아 뇌방을 짓고 미륵불을 모시고 살았습니다.

두 사람이 백월산에 들어 수행한 지 채 3년이 안 된 709년(성덕왕 8년) 4월 8일, 한 사건이 일어납니다. 삼국지, 삼국시대, 삼족오, 세 명의 도원결의 등 3이라는 숫자는 하나의 세계를 완성하는 역동적인 수입니다. 4라는 수가 완전수일 때는 평화로운 완결이지만, 3이라는 수가 완전수일 때는 뭔가 새로운 일이 일어날 준비의 완성입니다. 4에는 없는 역동성이 3에 있는 거지요. 채 3년을 채우지 못했다고 하는 것은 아직 다 익지 않았다는 뜻이지만, 분명히 길고 길었던 고행의 시간이 결실을 볼 것이라는 암시이기도 하겠습니다. 그 익지 않은 것이 4월 8일을 만나 완전히 익어 결실을 보겠지요? 4월 8일은 깨달음의 상징인 석가의 탄신일이니 말입니다.

그날 밤 향기 가득한 한 젊은 처자가 먼저 박박을 찾아옵니다. 해 저문 산길, 갈 길 아득하고 인가는 멀다며 하룻밤 묵어가기를 청한 거지요. 이 상황에서 계戒를 들어 처자를 돌려보내야 할까요, 인지상정으로 재워줘야 할까요. 그 상황은 우연적인 것일까요, 아니면 박박은 시험을 보고 있는 것일까요.

수행자는 때론 냉정하고 쌀쌀맞아야 한다지요? 정에 이끌리면 다시 복잡한 세상사에 얽히게 되기 때문입니다. 그래서일까요. 박박은 계를 선택합니다. 쌀쌀맞게 그는, 수행자는 청정을 지켜야 하니 지체 말고 떠나라고 한 것입니다. 그러고는 문을 닫아버렸다지요? 잘한 일일까요, 실수하고 있는 걸까요.

문전박대를 당한 처자는 이번에는 부득을 찾아갑니다. 부득은 박박과 달랐습니다. 자연스럽게 그는 이 저문 날에 도대체 어디에서 오느냐고 물었답니다. 처자가 대답합니다.

"맑기가 태허太虛와 일체인데 어찌 오고감이 있겠습니까. 다만 스님의 염원이 깊고 덕행이 높음을 듣고서 도道와 보리菩提를 이루는 일

"세상에 얽힌 인연에서 벗어나 무상의 도를 이루자.
이 먼지 날리는 세상에 코를 허우적거려서야
어찌 중생의 무리에서 벗어날 수 있겠는가."

창원 백월산의 돌탑들.

을 돕고자 왔습니다."

오고감이 없는데 첩첩산중 암자를 찾아온 이유가 스님을 도와 보리를 돕고자 함이랍니다. 보통 여인이 아닌 거지요? 요물일까요, 관음일까요? 부득은 단칸방에 여인의 자리를 마련해줍니다. 그러고는 밤새 염불하고 있는데, 밤이 끝날 즈음에 여인이 말합니다.

"제가 지금 산기産氣가 있습니다. 짚자리를 마련해주시지요."

여인은 부득의 도움으로 아이를 낳더니 이번에는 목욕물을 부탁합니다. 부득이 물을 데워 여인을 씻깁니다. 그러자 항아리 속의 물이 향기 있는 금빛으로 변합니다. 부득이 놀라자 여인이 말합니다. 스님께서도 여기서 목욕하시지요. 부득은 그 여인과 함께 목욕합니다. 정신은 상쾌해지고 살결은 금빛이 되었다지요? 돌아보니 연화대가 생겼습니다. 여인은 부득을 거기에 앉히고 사라져버립니다. 덧붙일 필요가 없겠습니다. 여인은 관음이었습니다. 박박보다는 부득이 대승입니다.

그러나 여인을 내친 박박을 그르다 할 수 있을까요? 처음 이 이야기를 읽었을 때 나는 이런 유의 이야기를 많이 알고 있었기 때문에 박박이 그르치는구나, 생각하며 아쉬워했습니다. 그러나 어느 사이 생각이 달라지네요. 지금 나는 박박과 부득이 각기 다른 두 유형의 구도자라고 생각하지 않습니다. 어쩌면 이 둘은 두 사람이 아닐지도 모릅니다. 나는 생각합니다. 박박 없이는 부득 없다고. 혹 박박은 부득의 전 단계가 아닐까, 하고.

박박은 계를 지킵니다. 열심히 지킵니다. 그에게는 계가 생명입니다. 계가 생명인 단계가 있습니다. 앞도 뒤도 옆도 보지 않고 오직 매진해야 하는 단계!

그리스 신화에도 종종 그런 인물이 있습니다. 그중의 한 여인이 인간의 딸 프시케입니다. 그녀는 금기를 깬 대가로 남편인 사랑의 신 에로스를 잃어버립니다. 그러나 자기 사랑이 신이었다는 것을 확인한 그녀는 온 열정을 쏟아 남편을 찾아갑니다. 아프로디테가 준 네 가지 과제를 수행하는 그녀의 마지막 과제는 바로 하데스에 가서 아름다움이 든 묘약 항아리를 들고 오는 것입니다. 그 과제를 수행할 때는 꼭 지켜야 하는 계가 있습니다. 윤리적 관습적 의무의 정지! 윤리적 의무의 정지가 지켜야 할 계라니요? 이것이 계를 윤리적 범주로 설명할 수 없는 이유입니다. 그때는 지팡이를 잃고 절뚝거리는 할아버지를 도와주느라 지체해서도 안 됩니다. 그냥 지나쳐 고독하게 자기 길을 가야 합니다.

석가모니가 세상을 떠날 때 제자들은 안타까워 물었습니다. 이제는 누구를 의지해 수행해나가야 합니까? 석가모니가 말했습니다. 자등명 법등명自燈明 法燈明이라고. '나'를 등불 삼아, '법'을 등불 삼아! 자

"나는 박박과 부득이 각기 다른 두 유형의
구도자라고 생각하지 않습니다.
어쩌면 이 둘은
두 사람이 아닐지도 모릅니다."

유의 맛을 보기까지 수행자를 인도하는 유일한 길, 고독한 길이 '계'일 때가 있습니다.

성격은 다르지만 진골 출신 자장 스님에게도 유혹이 있었습니다. 왕이 재상을 삼고자 했던 것입니다. 자장은 거절합니다. 재차 거절하자 왕도 조급해져 이제 나오지 않으면 목을 베겠다고 으름장을 놨습니다. 그 이야기를 들은 자장은 이렇게 말합니다.

"내 차라리 하루 동안 계율을 지키다 죽더라도 계율을 어기고 100년을 살지는 않으리라."

자장을 왜 신라를 대표하는 율사라 했는지 알 만하지요?

박박처럼 귀 막고 눈 감고 문 닫고 오로지 계를 스승 삼아 정진하다보면 세속에서나 탈속에서나, 지옥에서나 천국에서나 심지를 잃지 않는 부득이, 모양에 집착하거나 행태에 집착하지 않는 부득이 되지 않을까요? 이 단계를 거치지 않는 사람이 부득을 흉내 내면 깨달음이 있을까요?

어쩌면 그 여인이 낳은 아이는 부득의 아이일 수도 있습니다. 그래도 괜찮습니다. 깨달은 후의 일이라면. 그러나 깨닫기 전이라면? 도로 나무아미타불입니다.

어쩌면 부득은 『유마경』의 유마와 같은 인물인지도 모릅니다. 유마경에는 '좌선坐禪'하다 유마에게 가르침을 받은 사리불 이야기가 나옵니다. 사리불이 세존에게 말했습니다.

"언젠가 제가 숲속에서 좌선하고 있는데, 거사가 그곳에 와서, 사리불이여, 앉아 있는 것이 반드시 좌선일 수는 없습니다. 몸이라든가 뜻이라든가 겉모습에 얽매이지 않는 것이 참된 좌선입니다. 좌선은 생사가 겹쳐 있는 세계에 있으면서 몸과 마음을 움직이지 않는 것입니다. 또 마음과 그 마음의 작용을 없앤 무상한 경지에서 온갖 위의威儀를 나타내는 것, 이것이 좌선입니다. 진리의 법을 버리지 않고 그러면서도 세속의 일상생활을 하는 것이 좌선입니다. 온갖 소견에도 움직이지 않고, 그러면서도 37가지 수행방법으로 닦는 것이 좌선입니다. 또한 번뇌를 끊지 않고 열반에 드는 것이 참된 좌선입니다."

온갖 소견에 흔들리지 않을 수 있는 보리심이 있다면, 마음과 그 마음의 작용을 없앤 무상한 경지를 안다면 굳이 계를 지키고 굳이 좌선할 필요가 있겠습니까? 모든 법이 거기로 흐르는데.

견훤과 왕건, 대립하는 리더

동굴은 무의식입니다. 거기서는 종종 기대치 않은 일이 일어납니다. 문경시 가은읍에는 신비한 이야기가 전해오는 굴이 있습니다. 이름하여 금하굴, 견훤의 탄생설화가 전해오는 굴입니다. 오색찬란한 빛의 근원이었다는 이 굴엔 큰 지렁이가 살았답니다. 큰 지렁이라면 구렁이일까요. 어쨌든 그 지렁이가 바로 견훤에게 정기를 전해준 견훤의 아버지라 합니다. 견훤의 아버지는 지렁이였다?

반면 견훤과 겨뤘던 왕건은 어떨까요? 왕건은 용왕의 외손자라 합니다. 이 탄생설화들 속엔 혼돈의 시대, 실패한 영웅과 성공한 영웅에 대한 이 땅의 평가가 고스란히 들어 있습니다.

아귀다툼하는 아수라 세상, 우리에게 필요한 리더십을 생각하게 됩니다. 우리 역사에서 내가 좋아하는 리더들이 많지만 시대가 원하는 한 사람의 리더를 꼽으라면 나 역시 지렁이 아들 견훤보다는 용의 손자 왕건을 꼽겠습니다. 천 년의 바람이 지나간 자리에도 여운이 길게 남아 있는 그를.

알려졌듯 왕건은 아내가 많았습니다. 29명의 부인에게서 34명의 아이를 두었다지요. 젊은 날은 그 사실 하나만으로도 그가 제 정신으로 멀쩡하게 살았을까, 의심하기도 했지만 지금 생각해보면 그에게 결혼은 호색好色이 아니라 정책이었습니다.

천 년 신라는 망해가고, 망해가는 나라에서 호족 세력들이 날뛰던 시절, 그의 혼인은 세력을 규합해가는 방법이고 동시에 그가 사라진 미래에 왕권다툼이 얼마나 치열할지를 예고해주는 드라마이기도 했겠습니다. 그러나 생존이 절박한 상황에서 누가 편안히 미래를 준비할 수 있었을까요? 가장 좋은 준비는 당장의 생존을 감당하는 것이었겠습니다.

세력과 세력을 연합시키는 힘은 무엇일까요? '의지'라든가 '신의'라든가 하는 정신적인 가치보다는 생존의 필요겠지요. 그렇지만 생존의 필요에 대처하는 방식에서 의리나 신의가 자라지 않는다면 안정

"더 이상 견디기 어려웠을 때 경순왕의 선택은 노예로 길들이려는 견훤이 아니라 망자의 품위를 인정해줄 왕건이었습니다."

왕건이 신라를 도와 견훤군과 싸웠던 공산전투에서 대신 전사한 신숭겸의 충절을 기리는 사당.
당시에 지어졌던 사찰은 폐사되고 조선조에 와서 사당이 새로 지어졌다.

적인 리더십은 만들어지지 않습니다.

신라를 침공한 견훤은 경애왕을 죽이고 노략하고 마침내 왕비를 겁탈했습니다. 무능한 신라를 철저히 능멸한 견훤은 그 자리에 자기에게 고분고분할, 이름뿐인 왕을 세웁니다. 그가 바로 경순왕입니다. 그런데 이상하지요? 경순왕이 고분고분하게 군 것은 견훤이 아니라 왕건이었으니.

견훤과 궁예는 망해가는 신라를 누르고 압박했습니다. 칼의 정치를 한 것입니다. 그러나 왕건은 칼의 정치가 아니라 포용의 정치를 합니다. 바람 앞의 등불인 신라였으나 천 년을 버틴 신라인의 심지가, 신라 문화의 힘이 그리 녹록지 않다는 것을 알고 섬세하게 접근한 겁니다. 신라가 그를 섭섭하게 해도 모르는 척 넘어가주며 신라에 공을 들인 거지요.

918년, 마침내 왕건은 고려의 왕으로 즉위합니다. 견훤은 바로 축하 사신을 보냈으나 신라는 모른 체합니다. 2년 후에야 겨우 사신을 보냈는데도 왕건은 시비를 걸지 않았습니다. 오히려 그는 진심으로 신라에게 손을 내밉니다. 927년 공산 전투 때 신라를 돕기 위해 전투에 나선 왕건은 거기서 대패해, 간신히 목숨만 부지하고 도망가게 됩니다. 오래는 버티지 못할 신라를 위해 목숨을 건 것입니다.

그래도 천 년의 문화를 이어온 신라인데 가만있을 수 없겠지요?

"927년, 공산 전투 때 신라를 돕기 위해
전투에 나선 왕건은
거기서 대패하고 도망가게 됩니다.
그 역사적인 전투는 지금
그저 기념비로만 남아 있습니다."

(위) 왕건이 단신 탈출한 뒤 잠시 쉬었다고 전해지는 독좌암.
(아래) 대구 파군재 삼거리에 있는 공산전투 기념비.

경순왕은 928년, 왕건을 경주 동궁 월지月池로 초대해 감사의 주연을 베풉니다. 왕건은 종자 50명과 함께 경주에서 수십 일을 머물렀습니다. 『삼국유사』가 말합니다. 견훤이 왔을 때는 이리 떼, 범 떼가 경주 시내를 헤집고 다니는 것 같더니 왕건이 왔을 때는 마치 부모를 대하는 것과 같았다고.

그랬기 때문일까요. 935년 10월, 마의 태자의 반대에도 불구하고 경순왕은 신라를 왕건에게 바칩니다. 그러자 왕건은 장녀 낙랑 공주를 망한 신라의, 왕 아닌 왕, 경순왕과 혼인시킵니다. 왕건답습니다.

"내가 하늘의 뜻을 얻지 못해 점점 더 화란이 일어나게 된다."

이렇게 말하며 탄식하던 경순왕, 피바람 몰아치던 그 시기에 칼끝을 걷듯 살아온 그 인생은 그래도 무고한 백성의 피를 아꼈던 것 같습니다.

분명 경순왕은 무능했습니다. 그러나 스스로의 무능을 알았던 점에서 그는 무능하면서도 무능한지도 모르는 리더보다는 훨씬 낫습니다. 그렇다고 경순왕이 옳았다고는 할 수 없겠습니다. "목숨 걸고 싸우다 힘이 미치지 못하면 그때에야 빼앗길 일이지 천 년의 사직을 어찌 그리도 선선히 넘겨주느냐"는 마의 태자의 결기가 훨씬 힘이 있고 매력적입니다.

그러나 견훤의 리더십이냐, 왕건의 리더십이냐를 선택해야 한다면 당연히 포용의 리더 왕건이 아닐까요? 더 이상 참고 견디기 어려웠을 때 경순왕의 선택은 노예로 길들이려는 견훤이 아니라 망자의 품위를 인정해준 왕건이었다는 사실, 나는 그 사실에 주목합니다.

선화는 서동을 몰래 안고

선화 공주는 실제 인물이 아니라면서요? 미륵사를 지은 무왕의 왕후는 신라 진평왕의 딸이 아니라 이름도 어려운 백제 좌평 사택적덕沙宅積德의 딸이라고 합니다. 2009년에 미륵사지 석탑의 창건 내력을 담은 금판이 발견되었는데, 거기에 그렇게 기록되어 있었습니다.

좌평 사택적덕의 딸은 이름이 무엇이었을까요? 혹 그녀가 선화였던 것은 아닐까요? 사실이 무엇이든 간에 『삼국유사』에 나오는 무왕과 선화 공주의 이야기는 매혹적입니다.

어려서 무왕의 이름은 서동이었다지요? 서동薯童이라는 것은 마를 캐서 파는 아이란 뜻입니다. 『삼국유사』에는 그의 부모를 이렇게 기록하고 있습니다.

"그의 어머니가 서울에 남지南池라는 못 둑에 집을 짓고 홀어미로 살더니 그 못의 용과 관계하여 그를 낳았다."

기상은 용의 아들이지만 홀어미 밑에서 성장했다는 것으로 보아 귀하디귀한 왕자님으로 대접받으며 자란 것이 아니라 바리데기처럼 막 자란 아이였겠지요. 풀뿌리를 캐서 홀어머니를 봉양하고 살았어도 서동은 기가 꺾이지 않는 똑똑한 아이였나봅니다. 진평왕의 셋째 딸 선화 공주님이 아름답다는 소문만 듣고도 그녀를 각시 삼아야겠다고 마음을 냈으니까요. 바람이 전하는 말에 하늘 같은 공주님을 각시 삼겠다고 의지를 낸 건 용기였을까요, 인연이었을까요?

어쨌든 바람이 인연을 만들고 인연이 용기를 북돋우는가 봅니다. 그는 빡빡 머리를 밀었습니다. 결연한 의지를 느낄 수 있지요? 그리고 무작정 신라의 서울로 들어갑니다. 물론 무작정 선화 공주를 찾아가지는 않습니다. 우선 분위기를 만들어야 하니까요. 그는 동네에서 노는 아이들에게 마를 나눠주며 인심을 얻은 후에 아이들에게 노래를 가르칩니다. 그 노래가 그 유명한 신라 향가 「서동요」지요? 아이들은 신이 나 뜻도 모르는 노래를 부릅니다.

"선화 공주님은 남몰래 시집가서 서동을 밤이면 안고 간다. 선화 공주님은 남몰래 정을 통해두고 서동을 몰래 밤에 안고 간다."

언제나 소문의 주인공은 소문을 가장 늦게 파악하는 법입니다. 밤마다 서동과 선화가 만난다는 소문은 퍼질 대로 퍼져 사실이 되어 선화 공주를 어렵게 합니다. 신하들이 선화의 행실을 문제 삼아 질책을 요구했으니까요. 평강 공주처럼 선화 공주도 쫓겨납니다. 딸이 유배 길에 오르는 것을 차마 보고만 있을 수 없었던 왕비는 순금 한 말을 마련해줍니다.

궁에서 보호만 받고 자란 공주의 유배 길이 얼마나 외롭고 얼마나 무서웠을까요? 쫓겨난 공주 앞에 서동이 나타나 믿음직스럽게 굽니다. 낯선 사람의 호의에 대해 경계할 법도 한데 공주는 처음부터 누군지도 모르는 서동에게 호감을 갖고 무장해제를 합니다. 인연인 거겠지요? 공주의 호위 무사가 된 서동은 마침내 공주와 정을 통하는 사이가 됩니다. 지나놓고 보니 아이들이 불렀던 노래가 그들의 매파였습니다.

살아가기 위해서는 물질이 필요합니다. 공주는 왕후가 준 금을 꺼내놓지만 서동은 이게 뭐냐며 웃습니다. 어려서부터 마를 캐던 곳에 지천으로 널려 있는 것이 바로 이것이었다고 하면서. 서동은 금밭에 살면서도 금을 몰랐던 거지요. 선화를 만나 비로소 금의 가치를 알게 되는 겁니다. 그러고는 금을 모아들여 그 금을 선화 공주의 아버지 진평왕에게 보내 마음을 얻습니다.

금은 보물입니다. 남자는 사랑하는 여자를 만나야 비로소 자기가 보물이었음을 알게 됩니다. 여자의 사랑을 모르는 남자는 자기의 힘을 긍정적으로 표현할 줄 모릅니다.

사실 금은 백제의 보물은 아니었던 것 같습니다. 금은 신라의 보물이었습니다. 백제의 보물은 옥이었습니다. 서동이 금을 보고도 그 가치를 몰라봤던 이유이기도 하고 백제와 신라가 문화적 기원이 다르다는 증거이기도 하겠습니다. 금의 가치를 몰랐던 서동이 선화를 만나 비로소 금의 가치를 알게 되고 따라서 백제가 금의 가치를 알게 된 것입니다.

그나저나 서동은 어떻게 진평왕에게 엄청난 무게의 금을 배달했을까요? 여기에 신통력을 가진 용화산 사자사 지명 법사가 등장합니다. 그는 신묘한 능력으로 하룻밤 사이에 공주의 「편지」와 서동의 금을 신라의 궁중으로 배달했다고 합니다. 당연히 지명 법사와 무왕은 사이가 좋았겠지요? 익산의 미륵사는 무왕과 선화, 그리고 지명 법사의 인연으로 지어집니다. 사자사로 가는 길에 큰 못이 있었다고 합니다. 하루는 무왕과 선화가 거기 못 속에서 올라온 미륵세존을 만났다고 하지요. 미륵사는 이것을 기념해서 세운 절입니다.

서동은 누구였을까요? 법왕에 이어 왕이 된 것으로 보아 왕손이

"사자사로 가는 길에 큰 못이 있었다 합니다.
하루는 무왕과 선화가 거기서,
못 속에서 올라온 미륵세존을 만났다 하지요.
미륵사는 그것을 기념하여 세운 절입니다."

익산의 미륵사지.

미륵사지 서탑 해체 과정 중
심주석에서 나온 사리장엄 외호와 내호.
국립 미륵사지 유물전시관.

었을 것입니다. 하지만 마를 캐는 소년이었다는 것으로 봐서 실세는 아니었으리라 짐작됩니다. 아니, 오히려 권력 투쟁을 꿈조차 꿀 수 없었던 미천한 왕손이 아니었을까요. 신분은 그러했으나 기상은 그렇지 않았나보지요? 그 혼돈기의 혼돈을 정리하고 왕좌를 40년 이상이나 누린 무서운 왕이었으니. 더구나 발칙하게도 꿈을 꿀 수 없었던 여인을 탐내 긴 시간 공을 들여 꿈을 이룰 줄 아는 청년이었던 것을 보면 신분을 떠나 그의 어머니가 얼마나 괜찮은 여인이었는지 짐작이 됩니다.

혼인을 한다는 것은 서로 사이가 좋거나 서로를 인정한다는 뜻 아닌가요? 실제 무왕은 앞서 말한 대로 40년 이상이나 통치한 강력한 왕이었습니다. 그의 아들이 바로 백제의 마지막 왕 의자왕 아닙니까? 당연히 이때는 신라와 백제가 갈등하며 치열하게 싸우던 시기인데 신라의 진평왕이 사랑하는 딸을 적에게 내줬을 리는 없겠습니다. 더구나 신라의 진평왕은 기록상 두 명의 딸밖에 없습니다. 한 명은 선덕 여왕 덕만이고 다른 한 명은 김춘추의 어머니 천명 공주입니다. 그런데 여기 선화 공주가 끼어든 것입니다.

『삼국유사』의 선화 공주 이야기와 미륵사지 석탑의 금판 내용을 비교해보면 백제의 사택적덕의 딸이 신라의 공주로 변한 것임을 알 수 있습니다. 백제의 사택적덕의 딸이 이야기 속에서 신라의 공주로 변화된 것은 삼국통일을 이루고 한반도의 고려를 일궈가면서 통합이 필요했기 때문은 아니었을까요. 그렇게 통일은 옛적부터 한반도의 꿈이었습니다.

미륵사지 서탑의 모습(1910년 사진). 『조선고적도보』.

1993년에 만들어진 동탑.

단군, 손님이 신이다!

우리는 단군의 자손이 아니다! 고운기 교수의 주장입니다. 강하지요? 무슨 말인가 했더니 단군의 아버지 환웅이 태백산 신단수에 내려오기 전 그곳에 이미 사람 사는 세상이 존재했기에 우리 중에는 단군의 자손도 있지만 아닌 사람도 있다는 겁니다. 논리적입니다.

그러나 진짜 삶은 논리 이전에서 형성되고 논리를 깨는 곳에서 빛을 발하지 않나요? 논리는 사람을 규격화합니다. 그 규격을 깨는 것이 상징입니다. 나는 압니다. 나의 피 속엔 웅녀가 있음을, 그리하여 나는, 우리는 단군의 자손임을.

단군의 아버지는 환웅입니다. 환웅은 하늘에서 왔습니다. 신인 거지요. 곰에게 호랑이에게 그는 손님처럼 왔습니다. 손님이 신이다! 얼마 전 우리 학교에 와서 특강을 한 한 시인의 말입니다. 그는 손님을 조상처럼 섬긴 전통에서 배워야 한다고 말했습니다. 손님이 신이다! 확실히 시인의 명제입니다. 정신이 번쩍 났습니다.

생각해보니 손님으로 온 환웅으로 인해 웅녀는 인간이 됐고, 호랑이는 그렇지 못했습니다. 역사적으로는 환웅족과 곰족의 결합이고, 호랑이족의 배척일 수 있겠으나 인간학적으로는 의미가 다르겠지요? 「창세기」를 들여다봐도 아브라함은 손님 접대를 하고 이삭을 얻습니다. 그의 조카 롯은 손님 접대를 하고 재앙의 도시 소돔과 고모라를 떠날 수 있었습니다. 필레몬과 바우키스는 손님으로 온 제우스를 접대하고 대홍수에서 살아남은 유일한 인간 부부가 됩니다.

이를 들어 융이 말합니다. 손님에게 "유일하게 남은 거위를 대접하기 원했을 때 이때 그 어리석음에 축복이 내려졌다. 그 동물이 신들에게로 달아났으며, 이어 신들이 마지막 남은 것까지 내놓았던 가난한 주인들에게 모습을 드러냈다"고. 그리고 어떻게 됐을까요? 필레몬의 집은 제우스 신전이 되고 그는 제우스의 사제가 됩니다.

손님이 신입니다. 모든 신은 이방에서 옵니다. 새로운 것은 이방에서 오고, 새로운 것이 올 때 우리는 몸살을 앓습니다. 혼돈을 겪는 거지

"손님이 신입니다. 모든 신은 이방에서 옵니다.
새로운 것은 이방에서 오고,
새로운 것이 올 때 우리는 몸살을 앓습니다."

요. 새로운 것의 도래는 언제나 익숙한 것의 상실과 맞물려 있으므로.

가족처럼 지내는 어르신이 있습니다. 그는 패혈증을 앓으면서 죽음의 그림자를 보았습니다. 인명이 재처在妻라며, 부인의 정성 때문에 다시 살아났다는 그가 말합니다. 눈 깜박할 사이에 삶이 저만치 가고 죽음이 가까운 손님처럼 찾아와 손을 내밀고 있다고. 병이 걸렸을 때는 죽지 않으려 필사적으로 아내의 정성에 기대 다시 살아났는데 살아나보니 몸은 예전의 몸이 아니고 자기도 예전의 자기가 아니라는 거였습니다.

아프지 않으려, 기를 쓰고 죽지 않으려 발버둥 칠 때는 고통이 두렵기만 하더니 마음 깊이부터 언제 죽어도 억울할 게 없다고 정리하고 나니 혈액순환이 잘 안 되고 걸음걸이가 부치는 것도 담담히 받아들여진답니다. 이제는 정말로 바라는 게 없어졌고, 바라는 게 없으니 신기하게도, 애착도 미움도 사라졌다네요. 이제는 어쩌다 만나게 되는 사람들도 그저 반갑기만 하고 그저 축복해주게만 된답니다. 감동이었지요. 그날 나는 아주 따뜻한 축복의 점심상을 함께한 기분이었습니다. 누가 나이 든 사람을 쓸모없다고 하나요? 쓸모없음의 쓸모를 모르는 것입니다. 그들이야말로 상실의 본질을 만지고 있는 상실의 철학자들인데.

건강을 원했던 자 병을, 사랑을 원했던 자 이별을, 이별을 원했던 자 동거를, 날마다 청춘이고 싶은 자 덧없음을, 권력을 사랑하는 자 배신이라는 쑥과 마늘을 씹으며 동굴의 시간을 견디며 우리는 다시 태어납니다. 그렇게 이것만은, 하면서 간절히 원했던 것을 제물로 바치며 일어나는 변화가 부활 같은 변화입니다. 삶의 함정을 만나고 실패를 만나, 기가 탁, 막히는 그 시간에 한탄만 하거나 자책만 하는 사람, 남 탓만 하거나 채찍질만 하는 사람은 '실패'라는 손님이 와서 천사가 내밀고 있는 손을 잡지 못하고 있는지도 모릅니다.

분명 경제적으로 사회적으로 능력 있는 사람이거나 정치적으로 성공한 사람이 실력자겠습니다. 그러나 언제나 잘나가기만 할 수는 없습니다. 곰처럼 호랑이처럼 쑥과 마늘로 버텨야 하는 동굴의 시간이 오고야 마니. 그 시간은 소중한 것을, 소중한 사람을 잃어버리게 되는 몸살의 시간입니다. 그 길고 긴 몸살 후에 우리는 새롭게 태어난 웅녀가 될 수도 있고, 혼돈의 경험 속에서도 아무것도 배우지 못한 호랑이가 될 수도 있습니다.

살아보니 이제 진정한 실력자는 잘나가는 사람이라기보다 되어가는 대로, 되고 있는 사태를 있는 그대로 받아들일 줄 아는 사람이라는 생각이 듭니다. 그런 사람만이 있는 그대로의 자기를 받아들입니다. 그런 사람만이 자식의 남편의 아내의 친구의 동료의, 있는 그대로의 모습을 허용합니다.

경북 군위군 인각사.

제3장

꿈인 줄 알고 살아갈 수 있다면

조신의 꿈

경주 황천, 그건 도깨비장난이었을까

해인사의 쌍둥이 연인불

늙어서도 아름다운 나무

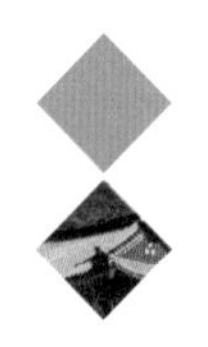

조신의 꿈

라흐마니노프를 자유롭게 연주하는 피아니스트 김진호 선생이 교회 지인 몇 명을 집으로 초대했습니다. 가까이서 듣는 연주는 환상적입니다. 돌아와 생각하니 꿈길을 걸은 것 같기도 하고, 꿈길에서 세포들이 춤을 춘 것 같기도 합니다. 우리의 욕망이 시작하는 그곳을 건드리는, 매끈한 생명의 춤, 업의 춤! 이래서 예술에 빠지고 예술가에 빠지는 거네요.

불가佛家에서는 사랑에 빠지는 마음까지 업이고 고뇌입니다. 그런데 그 마음을 고뇌라 느끼지 못하는 건 좋아하기 때문입니다. 콩깍

지가 씐다고 하지요? 좋아해서 어두워지는 겁니다. 좋아해서 어두워지다니요? 불교에서 천상은 그런 곳입니다. 즐거움이 넘치나 아직 열반에 이르지는 못한 존재들의 세계! 물론 천상이 목적은 아닙니다. 즐거움도 궁극이 될 수 없다는 거지요.

즐거움이 쉽게 고뇌로 바뀌는 건 즐거움과 고뇌가 짝이란 얘기가 되겠습니다. 매혹되어 고뇌를 고뇌라 느끼지 못하고 욕망을 욕망이라 느끼지 못하는 것뿐이지요. 즐거움이 고뇌보다 어려운 이유는 불의에 저항하는 것보다 유혹에 저항하는 것이 어려운 이유와 같습니다. 그 달콤함 때문에 욕망이 시키는 대로 움직이게 되는 겁니다. 그러니 욕망의 춤, 생명의 춤은 업의 춤입니다. 분홍신을 신고 신이 시키는 대로 움직이는데 어찌 쉽게 그것을 명상의 대상으로 삼겠습니까?

그러나 그 사랑의 춤이 대상과 맺은 관계가 아니라 내 삶의 놀이터에서 일어나는 사태라는 것을 인지하기 시작하고 그것을 명상의 대상으로 삼을 수 있게 되면 깨달음도 예쁘겠지요. 명상의 대상이 고와야 깨달음도 고우니 말입니다.

그 집에 다녀온 후 갑자기 『삼국유사』의 조신調信이 확, 이해가 됐습니다. 조신을 아시나요? 이루지 못하는 사랑의 갈증으로 애를 태우다 마침내 사랑하는 이의 품속에서 꿈을 꾸게 된 남자.

원래 조신은 스님이었습니다. 아마 신라시대 때는 결혼할 수 있는 스님이 있었나봅니다. 낙산사에서 도를 구하던 스님은 어느 날 강릉 태수의 딸을 보고 한눈에 반해버립니다. 조신이 여기서 마음을 돌이킬 힘이 있었다면 진리에도 지름길이 있는 거겠지요? 삶에 지름길이 없듯 진리에도 지름길은 없나봅니다. 그 황홀한 욕망을 명상의 대상으로 삼기에 조신은 너무 젊었습니다. 그리하여 욕망이 시키는 대로 낙산사 부처님께 나아가 그 처자와 살고 싶다고 빌고 빌었습니다. 그런데 조신의 마음을 알 길 없는 처자는 다른 곳에 혼처를 정하고 맙니다.

탈 대로 다 타지 못하는 마음이 얼마나 기막혔겠습니까? 그는 뜨겁고 괴로워 정처를 찾지 못하고 유랑하는 마음으로 부처님 앞에 나아갔습니다. 그리고 울고 또 울었습니다. 눈물의 기도가 하늘에 닿았을까요? 기적이 일어납니다. 여인이 찾아온 거지요. 여인은 나도 당신을 사랑했다며, 싫은 혼인을 할 수 없어 당신을 찾아 이렇게 도망쳐왔다고 합니다. 이제 돌아갈 곳이 없다며 같이 살자고까지 하는 처자로 인해 조신의 심장은 얼마나 쿵쿵 쾅쾅 뛰었을까요. 비록 가진 것 없었어도 건강한 몸이 있고 서로를 아껴주는 마음이 있으니 비가 새는 흙집에 살면서도 너무나 행복했겠지요? 이불이 없어도 이불 삼을 수 있는 서로의 품이 있으니 바랄 것 없이 완벽했겠습니다.

(위) 인각사 국사전 내에 보존된 일연 보각국사 진영.
(아래) 인각사 대웅전.

"즐겁던 한 시절은 흔적 없이 가버리고
시름에 묻힌 몸은 덧없이 늙었어라.
인간사 꿈인 줄 나 이제 알았노라."

일연 스님이 『삼국유사』를 썼던 인각사 경내.

처음에는.

젊은 날 멋모르고 불렀던 노래 중에 「사노라면」이 있었습니다.

"비가 새는 판잣집에 새우잠을 잔대도 고운 님 함께라면 즐거웁지 않더냐. 새파랗게 젊다는 게 한 밑천인데 쩨쩨하게 굴지 말고 가슴을 쫙 펴라."

이건 젊은 조신의 노래였겠지요? 그런데 여자와의 삶을 위해 땅을 일구고 아이를 낳고 소박한 밥상을 앞에 놓고 행복한 미소를 짓던 그들이 언제부터 애타는 사랑을 잃어버리고 서로의 존재를 부담으로 느끼게 됐을까요? 어느새 젊음은 저만치 가고, 젊음이 멀어져 가니 쇠약해지고 병들고 자심감도 사라지고 흰머리와 함께 춥고 배고픈 생활고가 사람을 쩨쩨하게 만들고, 사랑까지 부담으로 만들어 버립니다.

바람이, 세상이, 가난이 그들의 삶을 방해합니다. 어느덧 사랑으로 낳은 소중한 아이는 다섯이나 됐는데 살림은 궁색하기 이를 데 없습니다. 큰아이들은 구걸을 다니고 작은아이들은 배고프다고 웁니다. 그러다 마침내 구걸 나갔던 아이가 개에게 물리고, 열다섯 큰아이는 굶어죽었습니다. 고운 사랑이 시켜 한 일이 이렇게 거친 삶으로 변할 수 있을까요?

아무리 일을 해도 소중한 아이들의 울타리가 되어주지 못하는 현실, 그리하여 사랑이 고통이 되는 현실이 있지요? 굶어죽은 아이를 묻으며 울고 또 울다 결심한 여인이 결단을 합니다. 이제 헤어지자고. 고운 얼굴 아름다운 미소도 풀잎의 이슬이요, 지란芝蘭 같은 약속도 허망하다고. 한때 그지없었던 사랑이 팍팍한 생활 속에 서로의 삶의 걸림돌이 됐다고.

여인이 정말 정리를 잘하지요? 여인이 먼저 그렇게 정리해주니 이를 어쩌나요, 조신은 반가워했답니다. 기막히다기보다 솔직하지 않나요? 그들은 아이들을 둘씩 나누어 책임지기로 합니다. 조신이 여인에게 어디로 갈 거냐고 물으니 여인은 친정으로 돌아가겠다고, 거기가면 내치기야 하겠냐고 합니다. 조신은 낙산사로 가기로 하고 가족은 그렇게 갈라집니다. 독한 현실, 아픈 이별, 생이별입니다.

울고 싶지만 눈물도 말라버린 상황에서 조신은 배고파 걷지도 못하는 아이를 업고 걷다가 힘이 빠져 길거리에서 쓰러집니다. 사랑도 허망하고 이별도 허망하고 삶도 허망하기만 합니다. 죽어가는 그 시간, 삶이 뜬구름과 같다는 것을 확연히 보았겠지요? 그때 어디선가 소리가 들려왔습니다. 일어나라고.

『삼국유사』는 그것을 조신의 꿈이라 합니다. 깨어보니 법당이고 하룻밤 사이에 꿈이었다는 겁니다. 그런데 진짜 그것이 꿈이었을까요? 혹 삶이 꿈인 것은 아닐까요? 조신은 삶이 꿈임을 알고 뜬구름처럼 잡을 수 없는 부질없는 인생의 본질을 본 현자는 아니었을까요?

"홀연히 깨어보니 도시몽중都是夢中이로다. 천만고 영웅호걸 북망산 무덤이요. 부귀문장 쓸데없다. 황천객을 면할쏘냐. 오호라 나의 몸은 풀잎의 이슬이요, 바람 앞에 등불이라……."

경허 스님의 「참선곡」입니다. 홀연히 깨어보니 모든 일이 꿈속의 일이랍니다. 조신에게 젊음도 허망하고 지란 같은 약속도 허망하다며 이제 헤어지자 말하는 여인의 말과 문맥이 닿아 있습니다. 그러고 보니 그 여인, 관음의 현현이었던 거지요?

뭔가를 사랑한다면 떠나보내지 말라면서요? 그것이야말로 인생을 살게 하는 힘이니. 그런데 그 아름다운 사랑도 지나고 나니 꿈과 다를 바 없습니다. 그대로 남아 있는 것이 없습니다. 이미 저만큼 가버린 줄도 모르고 헛손짓을 하다 한숨지으며 고백하게 되는, 구태의연한 문장이 있습니다. 아, 삶은 꿈이구나, 하는 것! 소중한 모든 것을 한바탕 꿈으로 만드는 세월을 통과하면서 꿈인 줄 알고 살고 있나요? 조신의 꿈 이야기에 일연 스님이 덧붙인 스님의 말씀이 또 한 편의 시입니다.

"즐겁던 한 시절은 흔적 없이 가버리고
시름에 묻힌 몸은 덧없이 늙었어라
함께 밥 짓는 동안 더 기다려 무엇하리

인간사 꿈인 줄 나 이제 알았노라"

그러고 보니 꿈인 줄 알고 사는 삶이 깨어 있는 삶이고, 꿈인 줄 모르고 집착하며 허우적거리는 삶이 중생의 삶입니다. 꿈인 줄 모르고 집착하며 아옹다옹 아귀다툼이나 하다가 여기까지 왔는데 또 우리는 어디로 흘러가고 있는 걸까요? 지금 내가 사랑하고 미워하고 안타까워하는 모든 것은 또 무엇이 되어 다시 만날 수 있을까요? 어떻게 꿈을 깰 수 있을까요?

경주 황천, 그건 도깨비장난이었을까

한밤중에 나그네가 숲길을 걸어갑니다. 달빛 닮은 여인이 나타나 그를 유혹합니다. 그녀의 오두막에서 기분 좋은 하룻밤을 보낸 나그네, 아침에 일어나보니 그가 안고 있는 것은 부지깽이 한 자루였습니다. 그렇다면 지난 밤 그를 유혹한 아름다운 여인은 누구 또는 무엇이었을까요? 그것은 바로 100년 묵은 여우 또는 도깨비였습니다.

"옛날 옛날에"로 시작하는 이 땅의 이야기에는 그런 이야기들이 참 많았지요? 캄캄한 밤이 만들어낸 환상은 얼마나 찬란하고 쓸쓸한가요.

드라마 〈도깨비〉가 장안의 화제였습니다. 도깨비가 있을까요. 저승사자가 있을까요. 귀신이 있을까요. '21세기에 귀신은 무슨, 귀신 씨나락 까먹는 소리'가 답이겠습니다. 보이지도 않고 들리지도 않고 만질 수도 없는 것을 어찌 있다 할 수 있을까요.

그러면 이 세상에는 눈에 보이는 존재, 명명할 수 있는 존재만 살고 있다 해야 할까요. 나는 그 가설이 더 답답합니다. 『삼국유사』에는 경주 황천荒川의 언덕에서 밤마다 귀신들과 놀던 귀신 대장 비형랑鼻荊郎 이야기가 나옵니다. 진평왕의 명령을 받아 귀신들을 동원해서 다리를 놓기도 했던 그는 귀신들의 리더였습니다. 그 다리는 귀신들이 놓았다고 해서 귀교鬼橋인데, 귀교라는 이름에 걸맞게 하룻밤 사이에 생겨났다지요?

인생엔 정말 알 수 없는 부분들이 있습니다. 하룻밤 사이에 다리가 건설되기도 하고, 하룻밤 사이에 막강했던 권력이 무너지기도 합니다. 하룻밤 사이에 이름을 얻기도 하고, 하룻밤 사이에 감옥 갈 일이 생기기도 합니다. 하룻밤 사이에, 누가 이런 일을 만드는 걸까요? 그러니 귀신 곡할 노릇입니다. 하룻밤 사이에 일어나는 그런 일은 귀신의 도움 또는 저주, 다시 말해 귀신의 장난이 아닐까 하여.

귀신들을 이끌고 하룻밤 사이에 다리를 놓았던 비형랑의 아버지는 신라 제25대 진지왕이었습니다. 왕은 바람이 전하는 말을 들었

경주 오릉 북쪽을 흐르는 황천(지금의 남천)엔
여러 돌다리의 흔적들이 있다.

"우리는 예기치 않은 사건을 도깨비장난이라고 합니다.
그것의 원인은 삶에 대한 '나'의 태도 아닐까요?
사는 한 걸음 한 걸음이
어느 날 갑자기 일어나는 귀신 장난의 원인일 테니."

안압지에서 발굴된 도깨비 형상의 기와. 국립중앙박물관.

습니다. 사량부에 사는 도화 부인의 자태가 복숭아꽃처럼 아름답다는 거였습니다. 보지 않고도 욕망은 커질 수 있는 것이었습니다. 젊은 왕은 호기심을 참지 못하고 도화 부인을 불러들입니다. 그런데 여자는 남편이 있다며 단호하게 왕을 거절합니다. 당차지요? 권력이 매력이라고 착각한 왕은 분명 어리석었으나 그 민망한 상황에 화나 내는 졸장부는 아니었나봅니다. 그는 싫다는 여자를 일단은 존중해서 돌려보냅니다. 그리고 집요하게 요구한 끝에 여자의 약속을 받아냅니다. 남편이 없으면 그를 받아들이겠다는 약속이었습니다.

진지왕은 그해 폐위되고 죽었습니다. 왕이 여자의 남편보다 먼저 세상을 떠난 거지요. 당연히 여자는 그 약속을 지웠겠지요? 여자가 남편을 잃은 것은 그리고 2년 후였습니다. 그런데 어느 날 밤, 죽은 왕이 여자를 찾아와 까맣게 잊고 있었던 그 약속을 상기시킵니다. 『삼국유사』는 이렇게 전합니다.

"왕은 7일간 머물렀다. 그동안 오색구름이 집을 덮고 향기가 방에 가득했다. 7일이 지난 후 왕은 사라지고 여자의 몸엔 태기가 생겼다."

죽어서도 죽지 않는 것이 있나보지요. 다 태우지 못한 진지왕의 염원 같은 것. 그래서 『법구경』은 재산도 벼슬도 모두 쓸고 가는 죽음 후에도 남는 것을 업業이라 했습니다. 죽어서도 죽지 않은, 지극할 수도, 끔찍할 수도 있는 그것!

절대 권력 아버지의 권위적인 태도만 닮은 딸을 보며 업 또는 삶의 태도가 어떻게 남는지도. 자식이 부모의 운명을 반복하는 것은 부모에게서 살아가는 방식이나 태도를 배우기 때문입니다.

우리는 예기치 않고 기대치 않은 사건을 도깨비장난이라 합니다. 그것의 원인은 '나', 삶에 대한 '나'의 태도겠습니다. 하룻밤 사이에 권력이 무너지는 것이 아닙니다. 단지 하룻밤 사이에 드러났을 뿐인 거지요. 하늘은 스스로 돕는 자를 돕듯 스스로 망치는 자를 망칩니다. 그러니 함부로 살 수 없습니다. 한 걸음 한 걸음이 하늘이므로. 한 걸음 한 걸음이 '나'를 낳는 것이므로. 그 한 걸음 한 걸음이 어느 날 갑자기 일어나는 귀신 장난의 원인일 테니.

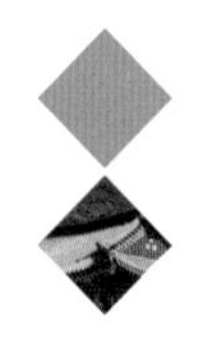

해인사의 쌍둥이 연인불

비로자나불이 세월의 강을 건너왔습니다. 883년, 위태롭고 어지럽던 신라 말기에 나투신 부처님이었습니다. 그 부처님이 천 년의 세월을 건너와 말을 겁니다. 너는 이제야 나를 알아봤지만 나는 늘 너와 함께 있었다! 묵직한 사랑의 말이 뜨끔합니다. 그렇게 오랫동안 비로자나 법신불을 곁에 두고도 그가 그렇게 우리 곁에 있었다는 것을 몰랐다니! 빛을 보고도 빛을 모르는 세상! 법신과 함께 살면서도 법을 모르는 우리! 길을 두고도 길을 잃는 나!

예수께서 말씀하셨습니다.

해인사 비로전 내에 있는 비로자나불의 뒷모습. 보물 제1777호.

"너희가 지극히 작은 자 하나에게 한 것이 곧 나에게 한 것이니라."

하나님의 아들은 저 멀리 하늘에 계신 것이 아니라 지극히 작은 자들과 함께 계신 거지요? 그러니 지극히 작은 자에게 한 일이 자신에게 한 일이라 하신 것 아니겠습니까.

길이신 그리스도는 가난하다고, 못 배웠다고, 볼품없다고, 우리가 무시하고 배척한 그이들과 함께 계셨습니다. 생명이신 그리스도는 우리의 탐욕으로 갈기갈기 찢어놓은 산하에서 상처 난 대지가 되어 피를 흘리고 있었습니다. 진리이신 그리스도는 '너'는 악의 축이라고, 없어져야 한다고 증오와 분노를 폭발해낸 전쟁터에서 오갈 데 없는 난민이 되어 남몰래 눈물을 흘리고 있었습니다. 십자가를 지신 그리스도는 제 분노를 못 이겨 독기가 된 우리들에게 분노를 품으면 삶이 너무나 쉽게 무너진다고 어머니처럼 눈물로써 기도하고 있었습니다.

이 세상은 남몰래 흘리는 눈물이 강처럼 흐르는 곳입니다. 우리가 그 강을 건널 때 자연스레 만나게 되는 사람들, 때로는 멍에가 되고 때로는 원수가 되는 그 사람들이 바로 비로자나의 현현임을 알게 되기까지 우리는 또 얼마나 스스로를 괴롭혀야 하는 걸까요?

해인사의 법신불은 쌍둥이 연인이었답니다. 지금으로서는 진성 여왕과, 그의 연인이었던 위홍일 거라고 추정하고 있습니다. 이렇게 아름다운 쌍둥이불로 남았는데 『삼국유사』의 기록은 이렇습니다.

"제51대 진성 여왕이 임금이 된 지 몇 해 만에 유모 부호 부인과 그의 남편 위홍 각간 등 임금의 총애를 받는 서너 명의 신하들이 세도를 부리고 정사를 문란하게 하니 도적이 벌 떼처럼 일어났다."

아마도 진성이 유약하고 무능한 왕이었던 것은 맞는 것 같습니다. 최치원을 내세운 개혁은 실패하고, 견훤이 일어나고 궁예가 일어났습니다. 아우성치는 시대는 여왕의 무능에서 비롯되었을까요, 아니면 광포한 시대가 여왕의 능력을 쓸고 간 것일까요? 어쨌든 어지러운 시대는 여왕을 욕망의 화신으로, 악군으로만 기록되게 만들었지만 사나운 시대일수록 권력무상은 깊고, 권력무상이 깊을수록 보이지 않은 위로가 보였을 수도 있겠습니다. 왕이었으나 살아서 권좌를 내려와야 했던 진성은 위홍의 원당願堂이 있던 해인사에 들었습니다. 죽어서 위홍과 같이 묻히고자 원했기 때문이라 합니다.

위홍은 그녀의 삼촌이었으나 남편이었던 것도 맞는 것 같습니다. 신분사회에서는 종종 권력이 흩어지는 것을 방지하기 위해 근친혼을 하니까요. 더구나 왕이었으니 그녀가 필요한 인물이 남편이 되는 것은 자연스러운 일이었다고도 합니다.

진성과 위홍이 비로자나불을 만들고 해인사를 조성한 것은 권력의 힘이고 물질의 힘이겠지만, 그렇게 무상하고 무정한 세월의 강을 건너온 것은 권력이 아니라 기원이었습니다. 죽은 연인을 위해 기도

毘盧殿

"해인사의 법신불은 쌍둥이 연인불이었답니다.
지금으로서는 진성 여왕과,
그의 연인 위홍일 거라고 추정하고 있습니다."

(위) 대웅전 옆에 쌍둥이 연인불이 모셔져 있는 비로전.
(아래) 쌍둥이 연인불.

하면서 죽을 자리를 찾았던 진성이 본 것은 욕망이 공空하다는 것, 생과 사가 둘이 아니라는 것이 아니었을까요?

죽을 자리를 찾는다는 것은 진실해진다는 것입니다. 내 영혼을 위탁할 가장 편한 자리, 너와 내가 둘이 아니라는 것을 뼈저리게 절감해서 기원하게 되는 그 자리야말로 비로자나의 자리입니다.

오늘도 비로자나 법신불은 우리 곁에 있습니다. 우리가 비로자나를 보지 못하는 것은 어찌할 수 없는 욕망 덩어리 바로 '나' 때문입니다. 내 욕심을, 내 집착을, 내 이기심을, 내 번뇌를 어디까지 놓아버릴 수 있을까요?

예수의 힘은 많이 가진 것이 아니었습니다. 그의 힘은 하늘과 소통하는 중심의 힘, 사랑의 힘이었습니다. 우리가 길을 잃는 건 돈이 없거나, 명예가 없거나, 건강하지 않기 때문이 아니라 욕심이 앞을 가리기 때문입니다. 욕심이 앞을 가려 하늘이 들려주는 노래, 흐르는 생명의 노래를 듣지 못하기 때문입니다.

나는 지금 비로자나불 앞에 앉아 있습니다. 무엇이 나를 여기로 불렀을까요? 그건 바로 내 마음이었습니다. 다름 아닌 내 마음이야말로 탐진치貪塵恥의 놀이터이고 오욕칠정의 화택火宅이었습니다. 그러니 비로자나는 무엇보다도 내 마음을 살피는 그 마음에 존재하는 것이었습니다.

늙어서도 아름다운 나무

혹독했던 겨울이 훌쩍, 흔적도 없이 지나가네요. 지리산 매화 길도 걷고 화엄사 홍매화도 보겠다고 화엄사에 간 친구가 사진 한 장을 보내왔습니다.

'늙어서도 아름다운 게 나무야, 이렇게 예쁜 꽃을 피웠네, 꼭 나무처럼!'

꽃은 천지에 피어나는데 꽃을 보러 남쪽으로 남쪽으로 가는 이유가 있겠지요? 일에 지친 몸, 관계에 지치고 시간에 지친 마음을 추스를 시간을 찾아, 봄을 찾아가는 것일까요? 나는 무얼 바라 살아왔을까요. 나를 길 떠나게 만든 나의 봄은 무엇일까요.

자연은 묘합니다. 숲을 걷다보면 산란했던 마음도 차분해지고, 꽃을 들여다보고 있으면 지치고 고단한 마음도 저만치 갑니다. 한반도 이 어지러운 땅에 태어나서 여자로서, 남자로서, 어린이로서, 어른으로서, 젊은이로서, 노인으로서 살아온 고통, 어쩔 수 없이 감내해야 했던 고단한 삶의 고통도 한숨과 함께, 긴 숨과 함께 날려 보낼 수 있을 것 같은 착각 혹은 깨달음! 그러고 나면 숲은 그 자체 세계이고, 꽃은 대지가 피워낸 별이라 고백하게 됩니다.

해인사에 가면 고운孤雲 최치원의 전설이 흐르는 나무가 있습니다. 신라 말기 개혁에 실패한 최치원 선생이 모든 것을 내려놓고 가야산에 은거할 때 거꾸로 꽂아둔 전나무 지팡이가 천 년 고목으로 자랐다는 겁니다. 15세기에 편찬된 『동국여지승람』에는 이천 년 고목이야기가 나오는데, 지금 천연기념물로 지정된 해인사 학사대 전나무는 250살쯤 된 나무로 그 전나무의 손자뻘쯤 된다 합니다.

처음, 고운의 지팡이가 천 년 고목으로 자랐다는 이야기를 들었을 땐 말로 안 되는 이런 신격화가 있나 싶었는데 그 이해할 수 없는 이야기, 이상한 이야기가 지금은 왜 이상하지 않고 그냥 이해할 수 있을 것 같을까요? 지팡이가 나무가 되었다는 것은 고운이 나무처럼 살았다는 뜻이 아닐까요?

그는 잘나가는 사내였습니다. 유학 시절 당나라에서 문명을 떨칠 정도였으니. 최치원이 문장가라는 것은 석굴암과 불국사를 지은 김대성을 찬탄하는 『삼국유사』의 한 대목에서도 확인할 수 있습니다.

"대성은 동악 기슭에 일찍이 절을 지었는데, 이는 해가 지려 할 때 높은 산이 먼저 알고 해가 누울 잠자리를 마련하는 것과 같은 일이었다."

해가 누울 잠자리를 마련하는 심정으로 절을 지었답니다. 대성도, 치원도 대단하지요?

최치원은 화려한 유학을 다녀왔고 진성 여왕의 눈에 들었습니다. 그러나 중앙 귀족의 반발과 여기저기서 일어나는 민란을 어쩌지 못해 여왕이 물러나자 그도 물러나야 했습니다. 꽃길만 걷던 그에게 얼마나 치욕이었을까요? 그는 정처 없이 유랑했다고 전합니다. 그건 세상과의 단절이기도 했고, 새로운 세상으로 가는 징검다리이기도 했겠지요.

자신이 감내해야 할 생의 무게를 버거워하며 번잡한 생에 대해 침묵하고 침묵하면서 고독한 유랑의 길 위에 있었던 그는 생의 마지막에 마침내 인적 드문 가야산에 들었습니다. 그쯤 그는 세상사를 툭툭 털 수 있는 힘을 갖게 되지 않았을까요? 마침내 그는 거기에다 유랑생활을 함께했을 지팡이를 꽂았습니다. 마치 죽을 자리를 찾은

"해인사에 가면
고운 최치원의 전설이 흐르는 나무가 있습니다.
최치원 선생이 가야산에 은거할 때
거꾸로 꽂아둔 전나무 지팡이가
천 년 고목으로 자랐다는 겁니다."

해인사 학사대 전나무.

것처럼. 그런데 거기, 그와 함께 헤매며 방황하며 그의 무게를 지탱해 준 지팡이에서 싹이 나고 줄기가 솟은 겁니다. 그의 유랑이, 그의 고독이, 그의 삶이 진짜였음을 증언하듯이.

다음 생엔 나무로 태어나고 싶지 않니? 쓸데없는 말은 하지 않는 그 친구는 누구보다도 언어의 힘을 아는 시인이어서 나는 그가 나무를 닮았다고 생각했는데, 그의 반응이 의외였습니다. 아니, 너무 오래, 너무 조용히 살아서 싫어!

그렇구나, 했습니다. 나무는 얼마나 많은 겨울을 침묵하며 견디며 어둠에 침잠해야 하는 걸까요. 한 송이 꽃을 피우기 위해 말도 없이 얼마나 해 바라기를 해야 할까요. 깊이깊이 뿌리는 내리는 데는 얼마나 많은 세월, 바람에 흔들렸을까요. 그렇게 해야 마침내 흔적도 없이 기꺼이 사라질 수 있는 것이 아닐까요.

흔적도 없이 사라지기 전 나무는 고사목이 됩니다. 고사목은 아무 역할도 없이 흉물스럽게 서 있는 것이 아닙니다. 종종 딱따구리는 고사목에 둥지를 틉니다. 늙어 탄력을 잃은 나무라야 부리로 파내기 쉬운 거지요? 그런데 우리가 고사목이 보기 싫다고 발로 쓰러뜨리면 새는 더 이상 그 나무엔 둥지를 틀지 않습니다. 햇빛도 받기 어렵고, 다른 동물로부터 새끼를 보호할 수 없으니까요. 숲에 들면 찬찬히 고사목을 살펴보시지요? 언뜻 보면 추한 나무일지 모르나 자세

"고사목이 보기 싫다고 발로 쓰러뜨리면
새는 더 이상 그 나무엔 둥지를 틀지 않습니다.
햇빛도 받기 어렵고,
다른 동물로부터 새끼를 보호할 수 없으니까요."

"자연은 묘합니다.
숲을 걷다보면 산란했던 마음도 차분해지고,
꽃을 들여다보고 있으면 지치고
고단한 마음도 저만치 갑니다."

화엄사 각황전 홍매화.

히 보면 시선 자체가 바뀝니다. 아름답습니다.

젊은 나무, 쑥쑥 자라는 나무는 방어물질을 분비하기 때문에 벌레들이 마음 놓고 살 수가 없습니다. 그러나 버섯과 이끼들이 좋아하는 고사목은 벌레들의 세상입니다. 주검 자체도 생명들의 거름이 되고 보금자리가 되고 세계가 되는 고사목은 숲에 사는 생명들에게 아낌없이 자기를 내어주는 숲의 자궁인 게지요. 함부로 고사목을 쓰러뜨리거나 베어내는 행위는 숲의 생태계를 교란시키는 행위입니다. 건강한 숲에는 고사목이 있고, 고사목이 많은 숲이 건강한 숲입니다.

'각황전 앞에 홍매화는 나처럼 시들었어. 그래도 좋았어. 품위를 잃지 않은 아름다움이 있더라고. 품위가 있는 것은 지는 모습까지 아름다우니. 나이 드는 일에 자신감이 생긴 것 같아. 다음 봄에는 남편 놓고 친구끼리.'

친구가 좋습니다!

낙산사 홍련암.

제4장

저마다의 방법을 찾아서

단순하게 살기, 진주의 욱면에게 배운 일심
당신의 목탑, Let it be!
의상이라는 마니보주
쑥과 마늘의 시간, 고통의 연금술

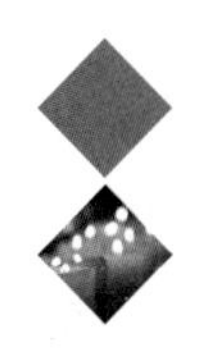

단순하게 살기, 진주의 욱면에게 배운 일심

어느새 젊음이 저만치 가고 50대 중반이 되었습니다. 젊은 날 당신은 아셨습니까? 젊음의 끝이 있다는 것을. 「봄날은 간다」라는 노래를 좋아했으면서도 젊음의 끝이 있다는 것을 몰랐던 것 같지 않나요?

젊음이 지나간 자리는 텅 비게 된 듯 허무하지만 이상한 것은 나쁘지만은 않다는 것입니다. 감당할 수 없는 열정에 휩쓸려 복잡해지고, 피곤해지고 먹어도 먹어도 배가 고팠던 그때, "아직 배가 고프다"는 은유에 매혹되었던 그때, '나'를 표현하기 위해 '나'를 억압해야 했던 그때. 그때는 너무나 진지해서 꽃을 보지 못했고 감정들을 즐기

"그 시간 나는 천천히 백팔배를 하거나
아니면 가만히 앉아 있습니다.
그 시간은 내 안에서 일어나는
희로애락애오욕의 놀이를 그대로 바라보고
허용하는 시간입니다."

지 못했던 것 같네요. 늘 숙제를 풀어야 하는 학생의 자세로 보고 듣고 판단하고 정죄하느라 마음을 다해 살지 못하고 마음을 놓고도 살지 못했습니다.

젊음이 그런 때인 것 같습니다. 단순한 것을 복잡하게 만드는 때! 소화시키지 못한 열정이 상처를 만들고 상처의 춤을 추던 때! 그때 나는 전쟁 같은 삶, 전사처럼 싸우는 사람들을 좋아했습니다. 주변은 온통 성실한 사람들, 열심히 일하는 사람들이었지요. 깨지 않은 잠을 커피로 깨우고 눈뜨자마자 일을 찾는 사람들, 집은 그냥 야전 사령부인 사람들, 자기 능력으로 한 걸음 한 걸음 앞으로 나아가는 사람들이 친구였습니다.

그런데 어느 순간 내가, 내 주변이 달라져 있습니다. 지금 내가 좋아하는 사람들의 공통점이 있습니다. 시간이 많고, 자기 공간이 정돈되어 있고, 남들이 좋다고 하는 것이 별로 없는 사람들, 사는 데 많은 것이 필요하지 않는 사람들입니다. 숲을 좋아하거나, 흙을 좋아하거나, 명상이나 기도를 좋아하거나, 책을 좋아하거나 그들은 자기 공간으로 초대하는 것을 좋아합니다. 국수 한 그릇에 파전 하나 만들어놓고도 행복하게 친구를 부를 수 있는 친구들, 가십거리 없이도 얘기를 나눌 수 있는, 자기 그림자를 돌볼 줄 아는 친구들, 인맥이 넓지는 않지만 무엇보다도 우정을 사랑하는 친구들입니다. 그런 친구들이 아니면 이제는 별 매력을 느끼지 못합니다.

이제는 느낍니다. 좋은 삶을 위해서는 단순하게 살아야 함을. 단순하게 사는 것은 불필요한 것으로부터 자유로워지는 것입니다. 그때그때 필요한 것을 모두 마련하고, 그때그때 필요한 사람을 모두 만나다보면 이상하지요, 삶이 풍요로워지는 것이 아니라 물건 속에, 시간 속에 갇힙니다. 늘 정신이 없고 피곤해지는 거지요. 그래서 가지치기가 필요합니다.

그런데 청춘은 단순한 삶을 살기 쉽지 않습니다. 더구나 경쟁 지향적이고 물질 지향적인 우리 사회에서는 더더욱 그렇습니다. 그런데 40대를 넘고 50대가 되어서도 마음만은 여전히 청춘이라며 욕심이 되고 탐욕이 된 열정의 가지치기를 하지 못하고 욕심나는 대로 탐욕의 가지를 뻗으면 그 넝쿨이 내 발목을 잡고 '나'를 옭아맵니다.

중년은 열정에 사로잡혀 있었던 '나'를 돌아보며, '나'를 숙주 삼아 복잡한 무늬를 만들고 있는 열정을 돌봐야 하는 때입니다. 복잡한 열정을 단순하게 만드는 것은 단순한 일이 아닙니다. 아무나 심플 라이프를 살 수 있는 것이 아닙니다. 심플 라이프가 남에게 보여지는 스타일이 아니라면 나도 몰랐던 내 마음, 그 마음을 주시하고 관찰하는 시간, '나'를 만나는 시간, '나'를 돌보는 시간이 심플 라이프로

가는 징검다리입니다.

이제 나는 생각합니다. 나이 들어서 가장 필요한 능력은 복잡한 것을 단순하게 만드는 능력이라고.

마음을 담아 기분 좋게 만날 수 있는 만남이 아니라면 약속을 줄여보시지요. 그래야 저녁이 있는 삶을 살 수 있습니다. 저녁이 있는 삶은 처음에는 내가 내게 주는 특별한 선물이었으나 저녁이 있는 삶을 살다보면 알게 됩니다. 아, 이것이야말로 선택이 아니라 권리였다고. 권리는 권리 위에서 잠자는 사람의 권리를 보호하지 않는다면서요?

제가 좋아하는 시간은 어둠이 내리고 마침내 어둠에 잠기는 시간입니다. 요즘은 오후 일곱 시 전후지요? 약속이 있을 때는 어쩔 수 없이 인공등 아래서 사람들의 이야기에 집중하며 그 시간을 지나치지만 보통 그 시간, 나는 누구의 방해를 받고 싶지 않습니다.

그 시간 나는 천천히 백팔배를 하거나 아니면 가만히 앉아 있습니다. 그 시간은 내 안에서 일어나는 희로애락애오욕의 놀이를 그대로 바라보고 그대로 허용하는 시간입니다. 아마 이 시간이 복잡한 것을 단순하게 만들어주는 힘이 되지 않았을까 싶습니다.

『삼국유사』에는 그 시간을 누릴 수 없는 상황에서도 투정하지 않고 도망가지 않고 그 시간을 누린 인물이 나옵니다. 바로 욱면郁面이라는 처자입니다. 욱면은 여종이었습니다. 신라 경덕왕 때 강주(진주)

의 미타사에서는 내로라하는 선비들이 모여 아미타불을 부르며 1만 일을 기약했나봅니다.

처음에 욱면은 주인을 따라왔습니다. 귀족이었던 주인은 법당에서 염불을 하고 종이었던 욱면은 법당에 들어가지 못했는데 문득 염불이 좋아 마당에 서서 염불했습니다. 얼마나 일심으로 염불을 했을까요? 염불하는 욱면이 눈에 띄었나보지요? 주인은 그런 욱면이 싫었던 모양입니다. 더 이상 데려가지 않고 저녁마다 곡식 두 섬씩을 찧게 했으니. 이쯤 되면 절에 얼씬도 하지 말라는 뜻이었을 겁니다. 그런데 염불의 힘을 알게 된 욱면은 열심히 곡식을 찧고 캄캄한 밤을 무서워하지 않고 매일매일 절에 가서 밤새워 마당에 서서 염불했다고 합니다.

그러던 어느 날 하늘에서 소리가 납니다.

"욱면 처자는 법당으로 올라가 염불하라."

모두들 그 소리를 들었다지요? 일심으로 염불하는 욱면이야말로 법당이었고 염불이었고 보살이었고 부처였으니. 욱면은 신분은 비록 종이었으나 종의 페르소나를 벗으면 아미타불인 거지요? 일심의 염불이 알려주고 있습니다. 본디 우리의 자리는 서방정토 극락세계라는 것을.

젊은 날 욱면의 이야기를 읽었을 때는 그 단순함과 황당함에 그냥 지나쳤습니다. 주인보다 뛰어난 종이 있다며 신분제도를 비판하는 거구나, 하고. 그런데 이제는 문득문득 욱면이 보이네요. 오로지 일념인 욱면이. 그것으로 주인의 질투도 아랑곳하지 않고 시간 없음도 문제되지 않고 종이라는 신분도 잊어버리는 그녀의 신비 속에 삶의 비밀이 있는 것 같습니다.

선악을 넘어, 귀천을 넘어, 빈부를 넘어, 빛과 어둠을 넘어 일심을 경험해본 적이 있으신지요? 그러면 알게 될지 모릅니다. 진짜 가치는 우리가 가진 것, 우리가 평가받는 것에 의해 결정되는 것이 아니라는 것을. 복잡한 현실을 단순하게 만들 수 있는 힘을 가져야 남의 가치가 아니라 내 가치를 창조할 수 있다는 것을. 운동을 하든, 노래를 하든, 그림을 그리든, 명상을 하든, 염불을 하든, 절을 하든 무엇이든 일심을 경험하면 단순한 삶이 복이라는 것을 알게 됩니다.

마크 로스코Mark Rothco의 그림을 보면 그는 그림으로 바로 그 일심에 도달한 것 같습니다. 유대인이었던 그는 나치와 파시즘이 설치는 시절, 이념에 갇히지 않고, 인종에 갇히지 않기 위해 상像을 버렸습니다. 그의 그림 속에는 이미지가 없습니다. 오직 색채만 있지요. 일심으로 캔버스에 색을 입히고 또 입히는 그 과정 속에서 해탈을 느꼈다고 하지요? 그 과정이 본질적으로는 일심으로 염불하여 해탈에 이른 욱면과 다르지 않겠지요?

"새벽이 열리는 시간이나
밤으로 젖어드는 시간을
찬찬히 관찰해본 적이 있으신지요?
어둠에 익숙해지고
고독에 익숙해지는 것,
익혀두면 좋습니다."

미술사를 전공한 우정아 교수는 이렇게 쓰고 있습니다.

"로스코를 알고 나면 오렌지색 새벽이 어두운 밤하늘을 열고 퍼져 나가는 모습, 검푸른 바다와 하늘이 맞닿은 초저녁의 수평선, 그리고 회색 하늘 아래 두껍게 깔린 지독한 황사마저 모두 그의 그림처럼 보인다."

새벽이 열리는 시간이나 밤으로 젖어드는 시간을 찬찬히 관찰해 본 적이 있으신지요? 나는 책을 읽거나 쓰거나 하지 않으면 방 전체가 형광등으로 빛나는 것을 좋아하지 않습니다. 어둠의 매력을 아니까요. 어둠에 익숙해지고 고독에 익숙해지는 것, 익혀두면 좋습니다. 참 좋습니다.

'직접 요리하기', 좋아하시나요, 즐기시나요? 가만히 살펴보니 남자든 여자든 마음의 여유가 있어 요리를 즐기고 별거 아닌 요리를 해놓고 자기 공간으로 부르는 사람의 마음엔 여유가 있습니다. 그렇게 먹은 맘 없이 친구를 초대할 수 있는 사람이 마음을 나눌 수 있는 사람이더군요.

흙과 함께 고독과 함께 단순하게 살고 소박하게 먹어도 때때로 병이 찾아옵니다. 진짜 단순한 삶을 사는 친구는 그 초대하지 않은 손님이 찾아왔을 때도 당황하지 않고 그 손님을 친구로 여기고 그 친구가 하는 이야기를 들을 줄 알더군요. 단순하게 살아야 '나'를 찾아온 보이지 않은 친구들까지 살필 줄 알게 됩니다.

그렇게 마음의 힘이 붙어야, 이만큼은 살아야 하고 이런 방식으로는 살아야 하는 거 아니냐며 윽박지르는 세상 편견의 폭력으로부터 자유로워질 수 있는 힘을 갖게 되지 않을까요?

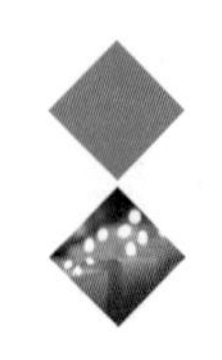

당신의 목탑, Let it be!

1238년, 이 땅을 짓밟은 몽골군에 의해 황룡사 9층 목탑이 불탈 때 경주 하늘이 3개월 동안 일식이 생긴 것처럼 어두웠다지요? 세상이 불타는 데 지금 당신의 탑은 안녕하신지요?

세상이 불타고 있습니다. 태양이 불타고, 땅이 불타고, 공기가 불타고, 식물의 잎들이 불타고, 마침내 생명 있는 것들이 모두 목이 탑니다. 이렇게 뜨거울 수 있을까요?

황룡사 9층 목탑이 불탈 때 『삼국유사』를 쓴 일연 스님은 달성군 현풍면 비슬산에 거하면서 무간지옥은 죽어서 가는 세상이 아니라 바로 여기에서 펼쳐지는 현실임을 본 것 같습니다. 그는 무의자無衣子 스님을 인용해서 이렇게 쓰고 있습니다.

"나는 들었네, 황룡사 탑이 불타던 날,

번지는 불길 속에서 한쪽은 무간지옥을 보여주더라고."

불타는 공기가 뜨거워 헉헉거리며 불을, 무간지옥의 불을, 그 그림자를 본 것 같습니다. '나'를 태우고 우리를 태우고 세상을 태우는 그 불의 힘을. 그러고 보니 부처님의 불의 설법이 명문입니다.

"비구들이여, 모든 것이 불타고 있으니, 그러면 과연 불타고 있는 모든 것이란 무엇이란 말인가. 비구들이여, 눈이 불타며, 보이는 형상이 불타며, 본다는 의식이 불타며, 보아 비롯된 감명이 불타고 있다. 또한 뜨겁거나, 괴롭거나, 괴롭지도 즐겁지도 않건 간에 보아 비롯된 감명 때문에 일어나는 모든 느낌도 똑같이 불타고 있다. 무엇으로 불타는가? 애욕의 불로, 증오의 불로, 미혹의 불로 불타고 있으니 나는 그것이 나고 늙고 죽는 타오름이며, 슬퍼하고 애석해하고 비통해하며 절망하는 타오름이라고 말한다…….

마음이 불타며, 정신의 대상들이 불타며, 정신에 다한 의식이 불타며, 정신적 감명이 불타고 있다……."

눈이 불타고 귀가 불타고 마음이 불타면 어찌 되지요?

사랑하는 조카와 열흘 가까이 파리 여행을 갔습니다. 거리를 두고

"걱정에 마음이 불탈 수밖에 없습니다.
불타는 순간 폐허가 되는 것은 나의 정원입니다.
선도 강요하면 악이 되는 이치입니다."

"그 아이는 그 아이대로 인생을 배우고,
내가 모르는 길이 있다는 것을 믿어주면 됩니다.
Let it be!"

볼 땐 그저 똑똑하고 이성적인 대학생인 줄 알았던 아이가 함께 지내보니 불편한 것을 참지 못하고 마음에 드는 것은 별생각 없이 사야 하는 이기적이고 감각적인 아이라는 사실에 처음엔 놀랐습니다. 조카를 잘 몰랐던 거지요?

다이어트가 중요한 아이는 음식 앞에서 깨작거립니다. 맛없다고 생각되는 음식은 아예 입에도 대지 않습니다. 거기에 밥 한 그릇, 김치 한 종지뿐인 초라한 밥상이라도 감사한 마음으로 받아 마음의 양식을 삼아야 한다는 내 가치관을 내세우면 내 눈이 불타겠지요? 그러다 아이가 탁, 스푼을 놓으며 어떻게 이런 음식을 팔 수 있냐며 조용히 화를 내면 그 말에 귀가 불타고, 아이에 대한 실망과 걱정에 마음이 불탈 수밖에 없습니다. 불타는 순간 폐허가 되는 것은 나의 정원입니다. 선도 강요하면 악이 되는 이치입니다.

여행지에서도 10시까지는 자야 하는 아이를 자게 두고 아침마다 파리의 아침을 배회하다 혼자 하는 아침시간을 즐기게 되었을 즈음, 매일 들르는 한 성당에서 화두가 풀리는 홀가분한 경험을 했습니다.

그 성당엔 성모가 승천하는 천장화가 있었습니다. 소중한 아들을 잃은 피에타의 절망과 아픔을 도대체 어떻게 소화했기에 성모의 표정은 저리도 맑은 걸까요? 우리는 언제쯤 저 성모처럼 아픈 것은 아픈 대로, 그리운 것은 그리운 대로 그대로 둘 수 있게 될까요? 그녀를 느끼며 나는 그녀에게 조카를 맡깁니다. Let it be!

맡긴다는 것은 내가 할 수 없다는 것을 인정하고 그대로 두는 거라는 걸 배웁니다. 시간을 짬지게 이용해야 한다는 것은 내 강박이지 그 애의 잘못이 아닙니다. 문제는 아이가 아니라 바로 나의 애착이었습니다. 그 사실을 깨닫고 나니 더 이상 애착의 불이 나를 태우지 않네요. 내게 파리는 미술관과 성당과 역사의 도시지만 아이에게 파리는 패션과 자유의 도시입니다. 미술관의 도시로서 파리를 좋아하는 건 나의 취향일 뿐입니다.

그러니 아이가 미술관보다 길거리에서 시간을 더 보내면 어떻습니까? 길거리에서 배우는 것이 더 많고 깊고 큰 나이일 수 있는데. 길거리에서 이것저것 사들이면 어떻습니까? 아이의 감각을 믿고 함께 감상하다보면 그것도 소중한 시간인데. 밤새 돌아다니다 늦게 들어와 늦잠을 자면 어떻습니까? 자기 방식의 자유를 누리러 여행을 온 것인데. 아이가 늦게 일어나도, 비싼 음식을 맛없다고 먹지 않아 그대로 버려도 내 눈에서, 귀에서 불이 나지 않으니 여행이 편해졌습니다. 그 아이는 그 아이대로 인생을 배우고, 내가 모르는 길이 있다는 것을 믿어주면 됩니다. Let it be!

함께 왔지만 서로 자기 좋은 것을 찾아 따로 다니다가 밤에 잠깐 만나는 것도 좋습니다. 그러고 나니 파리가 진짜 좋았던지 앞으로는

"황룡사 9층 목탑이 불탈 때
일연 스님은 무간지옥은 죽어서 가는
세상이 아니라 바로 여기에서 펼쳐지는
현실임을 본 것 같습니다."

그렇게 불타고 800년,
경주 황룡사지 목탑 자리에서 맞이한 일출.

불어를 배우겠다고 합니다. 불어를 배워 한 달이든 두 달이든 파리 사람들과 섞여 살아보고 싶답니다. 다른 문화에 호기심이 생기면 그렇게 의지가 생기는 거지요? Let it be!

불타지 않기는 생각보다 어렵습니다. 언제나 그의 삶을 그에게 주지 못하는 불이 '나'를 괴롭히니까요. 기대의 불이 실망의 불이 되어 타오르고, 애착의 불이 분노의 불, 절망의 불로 변해 뜨겁게 '나'를 태웁니다. 모두 자기로부터 시작된 불입니다. 그의 삶은 그에게 주어야 나의 정원을 불태우지 않고 가꿀 수 있습니다.

마음의 토대가 자연이듯 탑의 토대는 신성입니다. 마음의 중심인 탑을 세우지 못하면 잘 놀라고 자주 화를 내고 쓸데없이 불안에 휩싸입니다. 황룡사 9층 목탑은 평생 문수 보살 뵙기를 소원했던 자장 스님이 세웠습니다. 636년, 그는 당나라로 유학을 갑니다. 어찌 보면 팔자 좋은 귀족 스님의 편안한 공부길 같지만 자세히 보면 치열한 구도행이었던 것 같습니다. 일연 스님은 거기 오대산에서 자장 스님이 문수 보살의 수법을 감득感得했다고 쓰고 있습니다. 자장 스님이 얼마나 치열한 구도행을 했는지 신인이 그에게 절하며 그를 도왔다지요?

"황룡사 호법룡은 나의 맏아들입니다. 범왕의 명령을 받고 그 절을 보호하고 있으니 그대가 본국에 돌아가 절 안에 9층탑을 세우면

이웃나라는 항복해오고 조공을 바치니 국조가 길이 태평할 것입니다. 탑을 세운 위에는 팔관회를 베풀고, 죄인을 놓아주면 외적도 침범하지 못할 것입니다."

어쩌면 외적도, 죄인도 내가 만드는 것인지도 모릅니다. 그의 죄는 그에게 주고 '나'는 '나'의 탑을 세워야지요. 일연 스님이 신비하고도 영험한 목탑 이야기를 통해 우리에게 전하고자 했던 것은 궁극의 탑이 아니었을까요? 탑은 중심이고 궁극입니다. 탑을 세운다는 것은 어떠한 상황에서도 훼손되지 않고 불타지 않는 '나'의 중심을 세우는 일, 무엇보다도 중요한 일입니다.

의상이라는 마니보주

세상과 거리 두기를 하는 현자가 세상에 나와 던지는 어떤 한 마디는 천 년의 시간을 넘어옵니다. 천 년의 시간을 건너온, 본질을 꿰뚫는 통찰력에 끌리면 우리는 그 힘이 어디에서 왔는지 그의 고유한 길을 더듬게 되지요?

통일된 신라를 굳건히 하고자 한 문무왕이 성벽 쌓는 일을 의상 스님에게 의논하며 도움을 구하자 의상 스님은 이렇게 말했답니다.

"왕의 정치가 올바르면 땅 위에 선 하나 긋는 것만으로도 성벽을 삼을 수 있지만, 왕의 정치가 그릇되면 철통같은 성벽 속에서도 백성의 안위를 지킬 수 없는 법입니다."

저 통찰과 자신감은 어디서 오는 걸까요? 그는 어떤 길을 걸어 우리가 아는 의상이 됐을까요?

저마다 고유한 길이 있지요? 자신만의 고유한 그 길은 자기 자신이 되는 길입니다. 어쩌면 원불사상은 그 고유성과 맞닿아 있는 것인지도 모릅니다.

7세기 신라의 성인 중 원효의 원불은 아미타불이었습니다. 계를 범하고 설총을 낳은 후 원효는 스스로 소성 거사라 칭하고는 거리로 나와 민초들과 함께 아미타불을 염송한 것으로 유명합니다. 평생 문수 보살을 친견하고자 했던 자장의 원불은 당연히 문수입니다. 낙산사 관음도량을 만든 의상의 원불은 당연히 관음이겠지요?

이들이 저마다 다른 부처님을 모신 것은 부처가 달라서가 아니라, 각자 궁극에 이르는 저마다의 고유한 길이 있음을 보여주는 은유 아니겠습니까? 마침내 자유를 얻은 날 문수 보살과 함께 사라진 자장처럼 '나'와 함께 문수도, 자장도, 의상도, 원효도 사라지는 것인지도 모릅니다.

그런데 그 고유한 길은 그 길을 걷는 '나'조차 가본 적이 없는 첫길이기 때문에 '다만 모를 뿐' 아닌가요? 불교가 아무리 "인과"라고, 내가 받고 있는 모든 경험은 모두 내가 지은 것이라 해도 인과의 질

"낙산사 관음도량을 만든
의상의 원불은 당연히 관음입니다."

낙산사 의상대.

"저마다 고유한 길이 있지요?
자신만의 고유한 그 길은 자기 자신이 되는 길입니다.
어쩌면 원불사상은 그 고유성과 맞닿아 있는
것인지도 모릅니다."

낙산사 홍련암 아래 관음굴에서 본 바다.

서로도 그 고유한 길을 예측하는 것은 불가능에 가깝습니다. 그 '인과'는 아주 복잡하고 미묘해서 아는 척도 할 수 없으니까요.

그렇습니다. '다만 모를 뿐'입니다. 생각해보십시오, '나비효과'라는 개념을 안다 해도, 여기, 나비의 날갯짓으로 거기 폭풍을 예견할 수 있겠습니까?

앞날에 무엇이 기다리고 있는지 예측할 수는 없지만 그래도 다른 길을 다 뿌리치고, 이 길이야, 하는 사람들을 보면 한결같이 자신에 대한 믿음이 있습니다. 뱃속에서 자라는 그 믿음으로 그는 묵묵히 그의 길을 사랑하며 기꺼이 발걸음을 뗍니다.

의상은 661년, 당나라 종남산의 지엄智儼 스님을 만납니다. 화엄종의 제2대조인 지엄 스님 문하에서 공부하고자 먼 길을 떠난 것은 의상인데 『삼국유사』는 오히려 지엄 스님이 의상을 기다렸다고 쓰고 있습니다. 의상이 종남산에 도착하기 전날 지엄은 꿈을 꿉니다. 해동에서 난 큰 나무 한 그루가 풍성한 가지와 잎으로 중국 전역을 덮었습니다. 그 나무 위에는 봉황의 보금자리가 있고, 거기서 마니보주摩尼寶珠가 널리 빛을 비추고 있습니다. 해석도 필요 없는 꿈이지요? 이상하기도 하고 놀랍기도 해서 깨끗이 청소하고 누군가를 기다렸는데, 그날 의상이 문하로 들어온 것입니다.

지엄의 문하에서 의상은 가장 빛나는 공부인이었던 것 같습니다.

"해인사 앞마당에 가면
그 법성게를 독송하며 돌 수 있는 법계도가 있습니다.
법계도가 인도하는 길을 따라 돌다보면
어느새 법계도를 다 돌게 됩니다."

해인사 법계도.

『삼국유사』는 이렇게 쓰고 있습니다.

"의상은 『화엄경』의 미묘한 뜻을 은미한 부분까지 분석했고 지엄은 학문을 서로 질의할 만한 사람을 반가이 맞아 새로운 이치를 찾았다."

『화엄경』의 미묘한 뜻을 숨겨진 부분까지 드러낸 것이 바로 의상대사 법성게法性偈이지요? 지엄의 문하에서 의상은 긴긴 『화엄경』의 정신을 7언言 30구句 210자字로 요약하여 아름다운 노래로 만들었습니다.

"법성은 둥글고 둥글어서 두 상이 없고法性圓融 無二相

만물은 움직임 없이 본래 고요하다(……)諸法不動 本來寂"

이렇게 시작하는 이 깨달음의 노래는 원래 210자보다 많았다고 합니다. 진리의 문장을 다듬고 다듬고 또 다듬은 문장을 의상이 지엄 앞에 내놓자, 지엄은 의상과 함께 부처님 전에 나아가 함께 그 문장들을 불에 태웠다 합니다. 아깝나요?

이들은 알고 있었습니다. 진리는 스스로 드러낸다는 사실을. 그 불의 시간, 정화의 시간을 거치며 남은 것이 바로 지금 우리가 독송하는 법성게라고 합니다.

해인사 앞마당에 가면 그 법성게를 독송하며 돌 수 있는 법계도가 있습니다. 합장을 하고 법계도가 인도하는 길을 따라 법성게를 독송하며 돌다보면 어느 새 법계도를 다 돌게 됩니다. 그 화엄일승법계도도 의상 스님이 그린 것이라고 합니다. 단순해 보이지만 단순하지 않고, 이리저리 겹칠 것 같은데 한 번도 겹쳐지지 않은 것이 궁극의 일승을 향해 가는 구도자의 길, 그 고유의 길과 닮아 있습니다.

그 길을 돌고 돌며 돌고 돌다보면 단순해지고 단순해집니다. 일중일체 다중일, 일즉일체 다즉일입니다. 하나 속에 모든 것이 있고 모든 것이 바로 하나입니다. 내 속에 만물이 있고 만물 속에 내가 있는 거지요?

합장을 하고 그렇게 돌고, 돌고, 또 돌고 나면 법성이 원융해서 둘로 나눌 수 없다는 법성게의 첫 문장이 살아 있는 문장이라는 것을 알게 됩니다. 좋고 나쁜 것이, 사랑하고 미워하는 일이, 비난하고 칭찬했던 일이 진리의 모습이 아니라 모두 내 그림자라 고백하게 됩니다. 그리고 묻습니다. 내 그림자를 만드는 그것이 무엇인가, 하고. 사랑하고 미워했던 그것, 사랑받기를 원했고 함께 미워하기를 원했던 그것, 그것은 무엇일까, 하고.

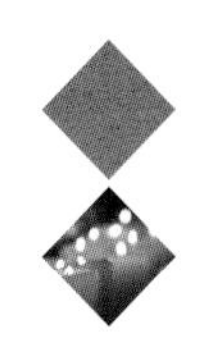

쑥과 마늘의 시간, 고통의 연금술

우리는 하늘에서 왔습니다. 풍백風伯과 우사雨師와 운사雲師를 거느리고 태백산 신단수 아래에 신시神市를 세운, 하늘의 아들 환웅이 우리의 아버지, 아버지의 아버지, 아버지의 아버지의 아버지입니다. 우리의 어머니, 어머니의 어머니, 어머니의 어머니의 어머니는 곰이었다지요?

『삼국유사』에 나오는 그 유명한 이야기에 따르면 인간이 되고 싶어 했던 곰과 호랑이가 같은 굴 속에 살았다고 합니다. 곰을 토템으로 했던 부족과 호랑이를 토템으로 했던 부족일 거라고 추측합니다.

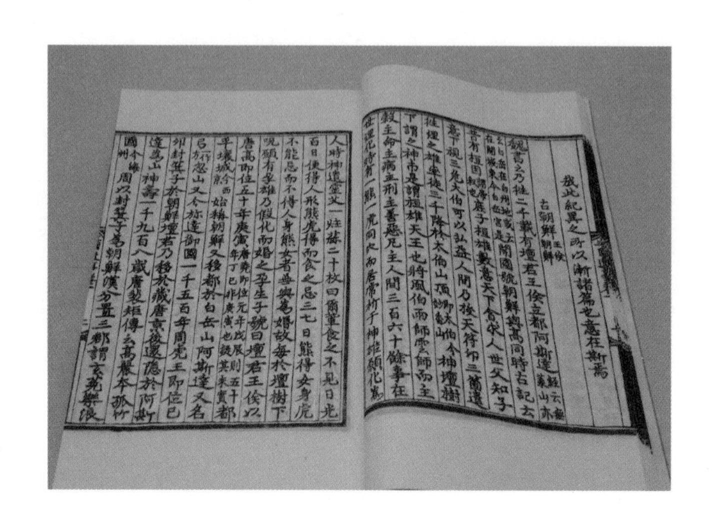

"우리는 하늘에서 왔습니다.
풍백風伯과 우사雨師와 운사雲師를 거느리고
태백산 신단수 아래에 신시神市를 세운,
하늘의 아들 환웅이 우리의 아버지,
아버지의 아버지, 아버지의 아버지의 아버지입니다."

파른본 『삼국유사』, 국보 제306-3호, 연세대학교 박물관 소장.

새로운 강성 부족이 짠, 하고 나타나 곰을 토템으로 하는 부족과 혼맹을 맺어 강인한 부족국가가 되면서 호랑이를 토템으로 하는 부족을 밀어낸 이야기일 거라고.

그 역사적 상상력에 심장이 쿵쾅쿵쾅 뛰던 시절이 있었지만 지금 내 관심은 '신화'입니다. 그러니 관점이 바뀌네요. 내가 관심을 두는 건 '쑥'과 '마늘', 그리고 '동굴'이라는 은유입니다. 『삼국유사』에 따르면 인간이 되고자 신웅神雄에게 빌었던 그들에게 하늘이 준 것은 쑥 한 심지와 마늘 스무 개였습니다.

재미있지 않나요? 인간이 되기를 원했던 그들에게 하늘이 일차적으로 준 것은 그들이 원했던 인간의 모습이 아니었다는 사실이. 그보다는 삼키기 어려운 쑥과 마늘, 그리고 견디기 어려운 동굴의 시간 100일이었습니다.

살다보면 인내해야 할 일이 많지요? 쑥과 마늘처럼 목으로 넘기기 어려운 일들이 많습니다. 생각해보면 쑥과 마늘을 피해 갈 수 있는 인생이 있을까요? 나는 지금도 종종 고통과 마주하고 있습니다. 고통을 죄의 결과거나 삶을 제대로 살지 못하는 증거라고 믿었을 때는 고통을 그 자체로 대면하지 못하고 고통에 쉽게 동요하거나 의기소침해졌습니다. 왜 이리 어려우냐고, 죄지은 것도 없이 억울하다고 호소하며 기도하기도 했습니다. 고통을 견딜 힘이 없는 사람들이 그렇듯이 왜 '나'냐고 항변한 거지요? 생각해보면 그것이야말로 오만이었습니다. 왜 고통이 '나'만을 피해 가야 할까요?

이제 나는 겨우 고통이 나만을 피해 가야 한다고는 생각하지 않게 되었습니다. 내가 당하는 고통이 나의 잘못이라고 생각하지도 않고, 나의 잘못이 아니라고도 생각하지 않습니다. 옛날과 달라진 점이 있다면 고통이 사라진 것은 아니지만, 고통의 바람이 불 때 불안과 두려움에 휘둘려 오두방정 떨지 않는다는 점입니다. 그래도 두렵지 않은 것도, 불안하지 않은 것도 아닙니다.

나는 그저 내 앞에 던져진 고통의 쑥과 마늘을, 잘 먹었으면 좋겠습니다. 곰처럼 침착하게, 미련할 정도로 침착하게 인내하면서 쑥과 마늘을 삶의 양식으로 수용할 수 있게 될 때, 불운에 기죽지 않고 동요하지 않는 곰이 될 수 있지 않을까요.

『명상록』을 쓴 로마 황제 아우렐리우스도 '곰'이었던 것 같지요? 그가 대표하는 스토아철학에 따르면 인간은 육체를 가진 영혼이고, 우리 안에는 신적인 불꽃이 있습니다. 그런데 우리가 우리 안의 신적인 불꽃을 확인해야 하는 상황은 신적인 상황이라기보다 지옥의 상황입니다. 『명상록』을 쓸 때 아우렐리우스가 직면한 상황은 어땠는지 아십니까? 여기저기 국경에서는 반란이 일어나고, 전염병이 돌아 노예가 죽고, 시민이 죽고, 군사들이 죽어갔습니다. 간교한 혀들의 아첨의 말은 황제의 판단을 흐리려 하고, 매일매일 자연재해가 일어납니다. 황제라고는 하지만 참, 정신 차리기 힘들겠지요? 그런 상황에서 그는 이렇게 쓰고 있습니다.

"인간이 타인의 마음을 꿰뚫어보지 못해 불행해지는 일은 거의 없다. 인간이 불행에 빠지는 것은 내 마음속 움직임을 주시하지 않기 때문이다."

말이 힘이 있는 것은 스스로 자기 고통 속으로 걸어 들어가 거기서 길어 올린 말이기 때문입니다. 아우렐리우스의 『명상록』은 황제가 전쟁터에서 쓴 철학 일기입니다. 남을 교화하기 위해 쓴 글이 아니라 삶과 죽음이 교차하는 전쟁터에서 자기 자신을 다잡으며 자기에게 주고 있는 글인 것입니다. 그는 정말 인내할 게 많고 절제할 게 많은, 고뇌 많은 황제였습니다.

누구에게나 채워야 하는 인내의 시간, 곰의 시간이 있는 것 같습니다. 『삼국유사』에 따르면 사람이 되기를 원했던 곰과 호랑이에게 하늘은 신령한 쑥 한 심지와 마늘 스무 개를 주면서 이렇게 말했다지요?

"너희들이 이것을 먹고 백 날 동안 햇빛을 보지 않는다면 곧 사람이 될 것이다."

쑥과 마늘을 먹어야 하는 100일은 새로운 인간이 되기 위해 채워야 하는 시간입니다. 21일이든, 100일이든, 채워야 하는 날의 수라는 점에서는 같은 의미일 겁니다.

아시는 대로 호랑이는 그 동굴의 시간을 채우지 못했습니다. 그 시간이 녹록지 않은 거지요? 견디기 힘든 그 시간은 지식을 쌓는 시간도 아니고, 기백을 증명하는 시간도 아닙니다. 힘을 과시하는 시간도 아닙니다. 그 시간은 어둠의 시간이고, 인내의 시간입니다. '나'의 고통 속으로 걸어 들어가 고통과 정면으로 마주해야 하는 시간, 『삼국유사』에 따르면 그 시간이 없이 '인간'이 될 수는 없는 거지요?

물론 호랑이처럼 고통을 견디지 못하고 동굴 밖으로 뛰쳐나갈 수 있고 뛰쳐나가도 됩니다. 그런데 그러면 고통의 연금술을 경험하지 못합니다. 사람이 희망이라고 노래할 수 있는 '인간'은 될 수 없는 겁니다. 살아왔던 대로 그대로, 성급한 채로 그렇게 고통에 휘둘리며 고통의 노예가 되어 살아야 하니까요. 그것이 대면하지 못하는 고통이 이래저래 모습만 바꾸며 운명이 되어 찾아오는 이유가 아닐까요? 평생 엄마를 미워하며 엄마에게 불만을 품고 있는 아들이 아내를 제대로 사랑할 수 있을까요? 고통은 한 번으로 끝나는 법이 없습니다. 가장 위대한 적인 고통은, 그것이 가장 좋은 친구였음을 진정으로 고백하게 되기까지 반복, 반복됩니다.

부부도, 연인도, 친구도 도와줄 수 없는 시간, 오롯이 나만을 찾아든 고통 앞에 홀로 서서 어둠을 견뎌야 하는 시간이 옵니다. 그 누구도 도와줄 수 없고 그 누구의 도움도 받을 수 없는 시간이. 그때 왜 내 식탁은 쑥과 마늘뿐이냐며 저항하고 항변하고 싶지 않습니다. 그보다는 내 쑥과 마늘을 잘 받아서 21일을, 또는 100일을 채우고 싶습니다.

경주 대릉원 내 미추왕릉.

제5장

'나'는 이 땅의 기억

미추왕을 아세요?

먹고살 만한 집의 셋째 며느리인 친구가 있습니다. 그녀를 유난히 아꼈던 시아버지가 돌아가시면서 유산을 남겼는데, 사랑받는 며느리답게 제사를 모시는 형님들 몫이라며 남편에게 유산을 포기시킨 결단력 있는 여인입니다. 그래서 셋으로 나누게 되어 있는 유산을 둘로 나눠 두 형님 댁이 나눠 가졌다고 하네요.

"1년에 대여섯 차례 제사를 준비하는 일이 보통 일이니? 제사 지내는 큰형님 다 줬으면 좋겠는데, 작은형님도 생각이 있을 테니 그건 내가 밤 놔라, 대추 놔라 할 일은 아니고……."

"신라를 도운 병사들이 귀에 꽂았던 대나무 잎이
바로 미추왕릉 앞에 수북이 쌓여 있었답니다.
지금까지 미추왕릉을
죽현릉竹現陵이라 부르는 이유입니다."

미추왕릉지구에서 발굴된 신라 토기. 국립경주박물관.

멋진 친구지요? 그 여인이 일을 도모하면 되는 이유를 분명히 알았습니다. 그리고 3년, 열심히 제사를 지내던 큰형님이 어느 날 선언을 하셨답니다. 교회를 다니게 됐으니 이제부터는 제사를 지낼 수 없겠다고. 할 수 없이 유산을 나눠 가진 둘째 형님네서 제사를 지냈는데, 2년이 지나자 둘째 형님도 똑같은 선언을 했답니다. 교회를 다니기로 했으니 더 이상 제사를 모실 수 없겠다구요.

한숨을 쉬면서 친구가 찾아왔습니다. 어쩌지? 내가 떠맡게 됐어. 생전 시아버지 생각하고, 아이들의 할아버지라 생각하면 제사를 지내드리는 게 맞는데, 그러면 나중에 내 아들이 집안의 제사를 다 떠맡게 되는 거잖아. 요즘 누가 1년에 대여섯 차례 제사 지내는 집안의 남자와 결혼하려들겠어? 내 아들 어디 장가라도 가겠니?

친구는 심각한데 나는 왜 웃음을 참지 못했을까요? 농담 반 진담 반, 친구에게 말했습니다. 너는 지내드리고 싶은데, 네 아들까지 이어지는 건 싫단 말이지? 걱정할 게 뭐 있어? 너도 교회 다니는 며느리 보면 되겠네. 우리는 그저 한바탕 웃고 헤어졌습니다.

죽은 자를 기억한다는 것은 무엇일까요? 죽은 자와 산 자는 영영 관계가 없는 걸까요? 죽으면 정말 세상과 무관해지는 걸까요?

유산은 다 받아 챙겼으면서 어쩌면 그들을 기억하며 밥상 한 번 차려주는 일에 저리 인색할 수 있을까, 싶다가도 신앙의 문제고 신념의 문제라 하니 어찌해볼 도리가 없겠습니다. 내가 망자라면 나도 나를 기억하고 향을 올리는 일을 우상이라 손사래를 치는 사람에게 제사를 받고 싶지는 않을 것 같습니다. 그들은 그들 나름대로 삶을 이해하고 자기를 성찰하는 방법이 있을 것이라 믿어주면서 그들의 삶에 끼어들지 않을 것 같습니다. 미추왕처럼, 김유신처럼 죽어서도 분주할 것이 아니니 차라리 긴 잠을 자겠습니다.

죽어서도 죽지 않고 나라를 지키고 후손을 돌본 미추왕 이야기를 아시나요? 신라 제14대 유례왕 때에 이서국伊西國: 지금의 경북 청도 사람들이 금성을 공격했습니다. 치열한 전투에서 신라군이 지고 있을 때 갑자기 대나무 잎을 귀에 꽂은 병사들이 나타나 신라를 돕습니다. 그 도움으로 신라가 이겼습니다. 적이 물러간 후 그 병사들도 사라졌는데 그들이 사라져간 자리가 미추왕릉이었다지요? 그들이 귀에 꽂았던 대나무 잎이 바로 미추왕릉 앞에 수북이 쌓여 있었답니다. 지금까지 미추왕릉을 죽현릉竹現陵이라 부르는 이유입니다.

제13대 미추왕은 중요한 왕입니다. 김씨로서는 처음으로 신라의 왕이 된 존재니까요. 그는 김알지의 제7대 후손으로서 후대의 김씨 왕들이 시조로 삼은 왕입니다. 그 미추왕과 관련된 또 하나의 이야기가 역시 『삼국유사』에 나옵니다. 시간이 많이 흘러서 제37대 혜공왕 때입니다. 779년 기미년 4월, 갑자기 김유신 공의 무덤에서 회오리바람이 일었다지요. 그리고 준마를 탄 장수의 모습을 한 어떤 이가 죽현릉으로 들어가고 조금 후에 능 속에서는 이런 소리가 났답니다.

"신은 평생, 난국을 구제하고, 삼국을 통일한 공이 있습니다. 지금 혼백이 되어서도 나라를 지키고 있는데, 어찌 이 나라가 아무런 죄도 없는 신의 자손을 죽일 수 있단 말입니까? 이제 신은 다른 곳으로 멀리 옮겨가서 다시는 나라를 위해 애쓰지 않겠습니다."

눈치 채셨지요? 미추왕 앞에 나아가 호소하는 이는 김유신이었습니다. 억울함을 호소하는 장군에 대해 왕은 어떤 태도를 취했을까요? 왕은 유신을 설득합니다.

"나와 공이 나라를 지키지 않는다면 저 백성들은 어찌하겠소?"

과연 왕이지요?

이것은 혜공왕이 꿈을 꾼 것이었을까요, 실제 일어난 일이었을까요? 알 길은 없지만 이로 인해 혜공왕의 태도가 달라집니다. 왕은 김유신의 능에 가서 사과하고 김유신을 위해 성대한 제사를 지내고는 진심으로 명복을 빌었다고 합니다.

이성과 과학의 힘을 몰랐던 시절의 옛날이야기로만 치부할까요? 오늘날 이성의 힘만 믿는 현대인은 건강한가요? 이성의 힘이 무엇인지 누구보다도 잘 알았던 분석심리학자, 20세기의 카를 구스타프 융이 말했습니다. 죽음에 대해 이성은 그가 들어갈 어두운 구덩이 외

新羅太大角干

"죽어서도 죽지 않고
나라를 지킨 미추왕은
김알지의 제7대 후손으로서
후대의 김씨 왕들이 시조로 삼은 왕입니다."

(왼쪽) 미추왕릉의 비석.

"신은 평생, 난국을 구제하고,
삼국을 통일한 공이 있습니다.
지금 혼백이 되어서도 나라를 지키고 있는데……."

(오른쪽) 신라 태대각간 김유신의 묘.
어떤 왕릉 못지않게 규모가 크고 화려해서
그의 위상을 가늠할 수 있다. 그는 사후 왕으로 추존된다.

에는 아무것도 보여주지 않는다고. 융은 『죽은 자를 향한 일곱 가지 설법』을 집필했는데, 그 책의 화두가 바로 죽은 자들의 물음이었습니다. 『자서전』에서 융은 이렇게 이야기합니다.

"『죽은 자를 향한 일곱 가지 설법』을 집필할 때 나에게 결정적인 질문을 한 것도 역시 죽은 자들이었다. 그들이 이르기를, 자기들이 구하는 것을 예루살렘에서 찾지 못했기 때문에 거기서 돌아왔다고 했다."

아무리 아는 척을 해도 죽음의 벽은 높고 높아서 앎의 영역을 넘어서 있지만, 산 자가 방황하고 추구하고 헤매는 것처럼 죽은 자도 방황하고 추구하는지도 모릅니다. 제사를 지낸다는 것은 한때 나의 산이었고 울타리였고, 또 때로는 독침이었고 아픈 손가락이었던 망자를 기억하면서 그 삶이 지금 내게 어떻게 흘러들어와 있는지를 성찰하는 것, 아닐까요?

조상과 부모는 나의 전생입니다. 그것이 아버지가 넘어졌던 곳에서 내가 넘어지고, 어머니가 상처받았던 곳에서 내가 상처받는 이유이기도 합니다. 거기서 삶을 시작했고 거기서 삶을 배워 여기까지 온 당신에게 아버지는, 어머니는 어떤 존재입니까? 나는 생각합니다. 아버지가 넘어졌던 곳에서 넘어지고 어머니가 넘어졌던 곳에서 넘어지면서 아버지, 아버지를 이해하고 아버지, 어머니와 달리 거기서 다시 일어나 새로운 세상을 보는 일, 그것이 존재의 이유가 아닐까, 하고. 그러고 보니 우린 부모의 삶을 사랑하기도 하고 미워하기도 하면서 부모의 삶을 반복하기도 하고 전복하기도 합니다.

진정한 의미의 제사는 '나'를 풀어주는 것일 겁니다. 우리의 전생인 사람들을 기억하면서 우리가 어디서 왔고 어떻게 시작되었는지, 살피다보면 내 안에 맺힌 곳, 아픈 곳이 스스로 풀리지 않을까요? 우리 속에는 수천 세대를 거쳐 삶을 이어준 조상이 있고, 미래 세대를 이어갈 아이들이 있습니다. 그러니 '나'를 풀어주는 일은 바로 조상을 풀어주는 일이고, 후손들을 풀어주는 일일 겁니다.

자장 스님과 성철 스님의 삼천배

통도사에 가면 영각 앞에 자장 매화라 불리는 매화나무가 있습니다. 몇백 살은 되어 보이나 천오백 살까지 먹은 것 같지 않은데, 했더니 조선시대 때 심은 거라고 합니다. 자장 스님의 정신이 퍼지길 기원하면서 말입니다.

통도사를 창건한 자장 스님은 평생 문수 보살 만나기를 서원했다지요? 636년, 당나라에 들어간 스님은 태화지太和池 못가에 있는 문수 보살 석상 앞에서 이레 동안 정성스럽게 기도했다지요? 그랬더니 꿈에 문수 보살이 나타나 네 구절의 「게송」을 주는 것이었습니다. 문수 보살에게 받은 게송인데 해석할 수 없으니 어찌할까요? 그때 한 스님이 나타나서 친절하게도 그 「게송」을 번역해주었답니다. 『삼국유사』에 나오는 그 「게송」은 이러합니다.

"일체의 법에는 자성이 없다. 이와 같이 법성을 이해하면 바로 노사나불을 보리라."

자성自性이란 고유한 특성이지요? 일체 법, 일체 만물에 자성이 없다는 것은 그것만의 절대불변의 성격이 없다는 것입니다. 나만의, 당신만의, 그 사람만의, 그 꽃만의, 그 나무만의, 그 동네만의, 그 조직만의, 그 나라만의 고유한 특성이 없다는 것은 무엇을 말할까요?

한송이 꽃을 피우기 위해서는 태양도 있어야 하고 바람도 있어야 하고 손길도 있어야 합니다. 그러그러한 인연으로 피어난 한 송이 꽃은 자성이 없는 겁니다. 그것은 모든 존재에게 공명하며 피워낸 춤입니다. 그 춤도 영원한 춤이 아닙니다. 열흘 붉은 꽃이 없다고 꽃을 피워냈던 힘은 어느 순간부터는 꽃을 지게 하는 힘이 됩니다.

열흘 붉은 꽃이 없습니다. 영원히 사는 인간이 없습니다. 영원한 권력이 없습니다. 그렇게 자성이 없다는 것을 알면 대상에 대한 집착이 끊어지겠지요? 그러면 전체가 노사나불盧舍那佛입니다.

노사나불은 문수 보살입니다. 나중에 알고 보니 자장 스님에게 그 게송을 전하며 그대의 나라 동북방 경계에 오대산이 있는데 거기 1만

"도대체 어떤 도인이기에
삼천배를? 잔뜩 기대했답니다.
스님이 거처하신다는 백련암은 너무나 소박해서
오히려 빛났다네요."

성철 스님이 거처했다는 백련암은 스님이 열반에 드신 후
개축해서 규모가 커졌습니다.

白蓮庵

의 문수 보살이 항시 거주하고 있으니 가서 만나라 했던 그 스님도 문수 보살이었다지요. 세상 전체가 문수입니다.

일체의 법에는 자성이 없다는 그의 가르침에 공명했으면서도 그를 알아채지 못한 자장! 자장 스님이 그리할진대 우리는 어찌할까요. 일체에 자성이 없다는 것을 깨닫는 순간, 내가 내 아집을 놓는 순간, 보게 되나보지요? 지금 현재 지옥도를 그리고 있는 세상이라도 그 세상까지 지혜의 화신 문수의 세상이라고. 내가 내 아집을 놓는 순간 모두가 나라고. 이 아름다운 세상을 장애로 만드는 것은 바로 자성에 집착하기 때문이니 일체법에 자성이 없다는 것을 알게 되기까지 우리에겐 저마다의 방법이 필요하겠습니다. 저마다의 방법 중에 우리에게 가장 익숙한 방법이 절하는 것, 아닐까요?

삼천배, 친구는 삼천배를 했다고 했습니다. 해보지 않았을 때는 남들도 다 하는 거, 내가 못할까봐 하는 쉬운 마음이었습니다. 그랬는데 처음에는 다리가 후들거리고 땀이 비 오듯 하고, 그러고 나서는 시야가 흐려지고 나중에는 심장이 조여오는 느낌이었답니다. 밤새 두 번 먹게 되어 있는 죽이야말로 사막의 만나였다나요! 순전히 오기로 버텼건만 나중에는 아무 생각도 없어지면서 경건해지고 고요해진답니다.

삼천배가 끝나니 가야산도 환해지고 마음도 후련해지고 홀가분해졌습니다. 삼천배를 해야 만날 수 있다는 성철 큰스님이 궁금하기도 했습니다. 도대체 어떤 도인이기에 삼천배를? 잔뜩 기대했고 그만큼 부풀어 있었답니다. 그를 만나면 인생의 모든 문제가 해결될 것 같기도 했답니다. 스님이 거처하신다는 백련암은 너무나 소박해서 오히려 빛났다네요.

그런데 돌아온 말은, 오늘은 큰스님(성철 스님)이 몸이 좋지 않으셔서 아무도 만나지 않으시겠다는 거였답니다. 결국 그 친구는 그 유명한 성철 스님을 만나지 못했습니다.

성철 스님의 열반 소식으로 온 매스컴이 들썩거렸을 때 친구가 전해준 성철 스님과의 인연 아닌 인연이었습니다. 그때 우리는 얼마나 깔깔댔었는지. 그런데 왜 성철 스님은 삼천배를 시키셨을까요?

나는 새도 떨어뜨리는 절대권력 박정희 대통령이 해인사를 방문해서 뵙기를 청하였을 때도 "나는 내 할 일이 있고 대통령은 대통령의 일이 있는데 산중의 중을 볼 일이 없다"며 물리셨던 스님 자신이고 보면 스스로 예배의 대상이 되겠다는 그런 뜻이 아님은 분명하지요?

그런데 나는 삼천배를 할 수 있을까요? 절을 한다는 것은 무슨 의미일까요? 서산 대사가 말합니다.

"예배한다는 것은 공경하는 것이며 굴복하는 것이다.禮拜者敬也伏也

참된 성품을 공경하는 것이며 무명을 굴복시키는 것이다.恭敬眞性屈

백련암 내의 한 암자.

伏無明”

이상합니다. 절을 하면 겸손해지고 고요해지고 순해집니다. 절을 하는 마음으로 산다는 것은 욕심으로 어두워진 마음을 거둬내고 겸손한 마음으로 길을 간다는 것일 겁니다. 욕심과 노여움으로 어지러워지면 길을 잃게 되니.

누더기 옷도 초라하지 않고, 차릴 것도 없을 만큼 소박하기만 했던 식사도 넉넉하기만 했던 스님의 진면목은 불사로 화려해진 가야산 해인사 백련암에서조차 찾을 길 없는데 벌써 20년이 넘었네요. 그가 열반에 든 지. 세월은 정말 빠르고도 무정합니다. 그래서 성철 스님은 생전에 그토록 삼천배를 시켰던 것일까요. '나'를 바로 보지 않으면 '성철'도 '조사'도, '부처'도 모두 헛거라고. '나'를 바로 보지 못하면 부귀영화가 무슨 소용이겠냐고.

일생 동안 그 누군가를 속인 일이 없을 성철 스님의 「열반송」은 이렇게 시작합니다.

"일생 동안 남녀의 무리를 속여서 하늘을 넘치는 죄업은 수미산須彌山을 지나간다."

어찌 남녀의 무리를 기만했다는 뜻이겠습니까. '나'를 바로 보지 못하면 '성철'이라는 이름도 걸림돌이 될 수밖에 없다는 뜻이겠지요.

"자기를 바로 보라. 남을 위해 기도하라. 남모르게 남을 도우라."

남을 위해 기도해본 사람은 압니다. 그 남은 남이 아니라 곧 '나'라는 사실을. 남을 위해 기도하는 그 무욕하고 온전한 마음으로 삶의 길을 걸어갈 수 있게 되면 '나'의 진면목이 보일까요?

탑돌이와 호랑이 신부

장애이자 보물인 사람이 있지요? 그를 버리고는 삶이 빛나지 않는데 그와 함께하는 삶은 또 정돈되지 않는! 그런 사람을 만날 때 당신은 어떻게 하십니까?

신라 원성왕 때 낭도 김현金現이란 사람이 있었습니다. 그는 신실하고 정돈된 사내였나봅니다. 그런 그가 장애이자 보물인 한 처자를 만납니다. 그녀는 누구일까요? 그와는 도무지 격에 맞지 않는 그녀를, 그는 어떻게 만났을까요?

탑돌이에서였습니다. 그녀를 만난 곳은. 흥륜사 달밤의 탑돌이가 그들을 이어주는 매파였습니다. 신라 풍속에 해마다 2월 초여드레부터 보름까지 경주 사람들은 흥륜사 전탑殿塔을 돌며 복을 빌었답니다. 낭도 김현도 그 탑돌이 무리 속에 있었습니다. 『삼국유사』엔 이렇게 씌어 있습니다.

"밤이 깊을수록 사람들은 빠져나가고 마침내 김현 홀로 남아 탑을 돌았다."

그는 무엇을 위해 두 손을 모으고 탑을 돈 것이었을까요? 아마 처음에는 다른 사람들처럼 복을 빌었겠지요. 관직에 나가게 해달라는 것일 수도 있고, 아름다운 처자와 혼인하게 해달라는 것일 수도 있겠습니다. 십자가 아래서든, 탑을 돌면서든 간곡히, 삶에서 필요한 무엇을 구해보셨습니까? 사랑을 구하고 학교를 구하고 재물을 구하고 권력을 구하면 구한 것들이 찾아오나요? 찾아올 수도 아닐 수도 있겠지만 이러한 신앙을 단순히 기복신앙으로 무시할 수는 없겠습니다. 삶이 원하는 것을 간절히 구하고 구하다보면 그것이 마음 깊은 곳으로 인도하는 징검다리가 될 수 있으니까요.

김현도 그랬겠습니다. 시간이 지나는 것도 모른 채 천천히 탑돌이를 하다가 궁극엔 기원의 내용도 잊은 채 그저 마음을 모으고 세상도 없고 '나'도 없는 경지를 체험한 것 같습니다. 나는 '그가 홀로 남아 탑을 돌았다'는 『삼국유사』의 표현에 자꾸 눈이 갑니다. 홀로 남아 탑을 돌았다니요? 시간도 잊고, 소원도 잊고, 말도 잊은 거지요? 삶이 소유가 아니라 경험이라면 그런 경지를 경험하는 것이야말로 진짜 복이 아닐까요?

그때 한 처자가 눈에 들어옵니다. 염불을 하면서 그를 따라 도는 처자가. 인연일까, 악연일까 생각할 틈도 없이 서로가 서로에 빠져듭니다. 일연 스님은 이렇게 쓰고 있습니다. 서로 정이 움직여 눈을 주었다고. 정이 움직이면 어찌해볼 도리가 없는 거지요? 탑돌이를 마치고 김현은 처녀를 후미진 곳으로 이끌고 가 관계한 후에 처녀를 따라갔다고 합니다. 사랑은 그렇게 홀연히 오나봅니다.

그런데 이상한 것은 관계가 끝난 후 처자의 태도입니다. 따라오지 말라며 그녀는 그녀를 따라오는 김현을 자꾸 밀어냅니다. 사랑에 빠진 남자가 그것이, 냄새를 맡고 기다리고 있는 호랑이 이빨로부터 남자를 구하려는 여인의 배려라는 것을 어찌 알 수 있었겠습니까. 그는 꾸역꾸역 여인을 따라갑니다.

예상하신 대로 여인은 사람 비린내를 맡으면 무조건 잡아먹으려드는 오빠들이 셋이나 있는 호랑이였습니다. 사랑한 여인이 호랑이라니요? 말도 안 되는 옛날이야기인가요? 실제로 동물 같은 사람이 있지 않나요? 사납고 거칠고 맹목적인 동물 같은 사람들도 있고, 그런 사람들 틈에서 아우성치며 살다가 함께 거칠어졌지만 까마득히 잊

"탑돌이에서였습니다. 그녀를 만난 곳은.
홍륜사 달밤의 탑돌이가 그들을 이어주는 매파였습니다."

신라인들의 기원이 모였던 홍륜사는 사라지고
그 자리 위에 다시 지어졌다는 경주 홍륜사.

"기꺼이 죽어 가족의 악을 감당하는 그녀,
그녀가 그녀의 마지막을 그에게 맡깁니다.
김현은 그녀를 위해 호원사라는 절을 지었답니다."

호랑이 신부를 위해 김현이 지었다는 호원사는 사라지고
탑의 일부만 남았다.

고 있었던 저 깊은 마음속에 자유의 씨앗이 있어 마침내 탈을 벗고 자유로워질 수 있는 존재들도 있습니다. 후자인 그녀는 오빠들이 자기 사랑까지 잡아먹을까 두려웠던 거지요.

위험한 오빠들로부터 사랑하는 이를 보호하기 위해 그녀는 남자를 구석진 곳에 숨깁니다. 그럼에도 불구하고 코가 좋은 오빠들은 냄새를 맡고 이렇게 말합니다.

"집안에 비린내가 나는구나. 요깃거리가 생겼으니 어찌 다행이 아닐꼬."

그럴 때가 있지 않나요? 아름답고 향기로운 내 사랑이 위험한 모습으로 올 때! 나아갈 수도 없고 물러설 수도 없고, 선택할 수도 없고 버릴 수도 없을 때 그때 당신은 어떻게 하십니까? 더는 어쩔 수 없다며 사랑을 버리고 안전한 길을 선택하십니까, 아니면 사랑과 함께 위험한 길로 나아가십니까?

김현은 이미 잘 지냈으니 하늘이 맺어준 인연이라며 위험을 피해 가지 않은 낭도였습니다. 사랑 앞에서 당당한, 드물기도 하고 괜찮기도 한 남자입니다. 당연히 호랑이 신부가 그를 해하게 둘 리 없지요? 여인은 자기를 던져 남자를 구하기로 합니다. 그녀는 알고 있었습니다. 집을 찾아온 손님도 아무런 죄책감 없이 성큼성큼 다가와 잡아먹을 수 있는 사납고 거친 오빠들은 그녀의 수치이자 난제라는 사실을. 그때 하늘에서 소리가 들립니다.

"너희들이 사람의 생명을 너무 많이 해쳤으니 마땅히 한 놈을 죽여 악을 징계해야겠다."

남을 공격하는 일을 업으로 삼는 자들이 자기가 공격당하는 것은 겁내듯, 아무렇지도 않게 남의 생명을 해치는 자들은 자기 생명의 위기 앞에서 벌벌 떠는 법입니다. 누가 그 위기를 피해 가지 않고 극복할 수 있을까요? 그 위기에서 새롭게 태어날 수는 있을까요? 철저히 이기적이고 철저히 공격적이었던 동물적 삶을 정화할 수 있는 힘은 있기나 한 걸까요?

그녀가 자기를 던집니다. 사랑의 힘을 배운 그녀는 이제 오빠들의 죄를 정화할 수 있는 힘이 자기에게 있다는 것을 알았으니까요. 그녀는 누군가가 죽어야 한다면 자기가 죽을 테니 오빠들은 멀리 떠나 자숙하라고 합니다. 멋지지요? 그러나 철저히 이기적이고 공격적이기만 한 오빠들이 어떻게 동생의 깊이를 이해할 수 있었겠습니까? 얄팍한 오빠들은 모두 기뻐하며 꼬리를 치면서 도망가버렸답니다.

죄 없는 동생의 희생에 목숨을 건진 오빠들은 언제 알게 될까요? 소중한 목숨을 담보로 그렇게 건진 목숨이 얼마나 값진 것인지를. 평생 모른다면 그걸 어쩌지요? 세상에서 가장 무서운 죄는 자기 목숨값을 모르는 것일 텐데.

오빠들이 도망가버린 자리에서 호랑이 신부가 신랑에게 말합니다.

"처음에 저는 당신이 따라오시는 것이 부끄러워 짐짓 사양하고 거절했지만 이제는 숨김없이 사실대로 말하겠습니다."

간단한 문장이지만 대단한 문장입니다. 수치와 두려움까지 진실이 되고 고백이 되는 것이니. 일반적으로 잘 보이고 싶은 사랑 앞에서는 장식이 넘치고, 표정이 넘치고, 말이 넘칩니다. 사랑 앞에서 숨김없이 정직해지는 것은 아무나 할 수 있는 것이 아닙니다. 그것은 스스로 평화를 일굴 수 있는 성숙한 사람의 표징입니다.

살아온 날들을 정직하게 고백한 후에 기꺼이 죽어 가족의 악을 감당하는 그녀, 그녀가 그녀의 마지막을 그에게 맡깁니다. 김현은 그녀를 위해 호원사라는 절을 지었답니다.

복의 근원은 무엇일까요? 복의 근원은 돈도 명예도 사랑도 아닌 것 같습니다. 복의 근원은 수치와 두려움까지 감당할 수 있는 진실의 힘입니다. 진실하지 않으면 돈도, 명예도, 권력도, 사랑도 허무하기만 하니까요.

어머니를 구해낸 아들 이야기

얼마 전 가까운 친구의 아버지가 세상을 떠났습니다. 친구는 아버지를, 가족밖에 몰랐던 자상하고 따뜻한 남자로 기억했습니다. 그런 아버지가 3년 전 아내를 잃고 홀로 남아 한 번도 경험해보지 못했을 외로움과 싸우며 견디며, 얼마나 힘들었을지를 생각하면 자식이면서도 아무것도 해주지 못한 자신이 죄인이라며 눈물을 멈추지 않았습니다.

세상을 떠난 부모가 있으면 느끼시지요? 세상을 떠난 후에 오히려 더 가깝게 느끼게 되는 존재가 바로 어머니요, 아버지라는 사실 말입니다. 지금 우리가 매혹되는 별빛이 이미 죽은 별일 수 있는 이치와 같을까요? 살아생전 받고 또 받았으면서도 해준 것이 뭐가 있냐며 불만만 돌려주었던 자식도 부모가 돌아가시고 나면 갚을 수 없는 빚, 생명의 빚의 무거움을 알게 됩니다.

음력 7월 15일은 백중이지요. 백중의 전설, 목련존자와 그 어머니 이야기를 아시나요? 처음으로 그 이야기를 들었을 때 나는 높디높은 존자에게 그런 한심한 어머니가 있다는 사실이 낯설면서도 친근했습니다.

백석의 시 중에 「흰 바람벽이 있어」라는 시가 있습니다. 백석의 시는 입으로 읊으면 훨씬 좋습니다.

"하늘이 이 세상을 내일 적에 그가 가장 귀해 하고
사랑하는 것들은 모두
가난하고 외롭고 높고 쓸쓸하니
그리고 언제나 넘치는 사랑과 슬픔 속에 살도록 한 것이다"

내게 존자는 바로 가난하고, 외롭고, 높고, 쓸쓸한 존재였습니다. 그런데 그 존자를 낳아주고 길러준 어머니가 부자였지만 베풀 줄 모르고, 살생을 즐겨 뒷마당에서는 늘 짐승을 잡아 피를 보고, 남에 대해서는 의심이 많고, 심술 맞고, 거짓말 잘하는 기막힌 존재였다는 것, 아니겠습니까?

좋은 것, 맛있는 것을 아무리 잘 먹여도 우리 몸은 끝이 있고, 많은 하인을 거느린 채 좋은 집에서 명품 옷 휘감고 살아도 목숨은 마침이 있습니다. 잘 먹고 잘 입으며 인색하게 살면서 혹여 자기 것을 누가 가져갈까 의심하고 감시하고 화만 냈던 청제부인도 마침내 세상을 떠났습니다. 그녀는 어디로 갔을까요? 그녀가 아무리 좋은 아들을 뒀다 해도 천국에 갔을 리 없지요? 그녀는 지옥에 갔습니다. 지옥으로 간 어머니를 두고 수행하는 아들의 심정은 어떤 것일까요?

원효 스님이 말했습니다. 자기의 죄를 벗지 못하면 결코 남의 죄를 풀어줄 수 없다自罪 未脫, 他罪 不贖고. 그 문장을 가만히 들여다봅니다. 그것은 역으로 남의 죄를 풀어줄 수 있는 경지가 있다는 것이 아니겠습니까?

중요한 것은 자기의 죄를 벗어버리며 자기를 풀어주는 힘을 기르는 것이겠습니다. 자기를 풀어준 자, 남을 풀어줄 수 있는 힘이 있을 것입니다. 어머니가 지옥에 있다는 사실을 알게 된 목련은 망설임 없이 어머니를 찾아 지옥으로 걸어 들어갑니다.

그런데 지옥은 왜 그리 한량이 없는지요. 움직일 때마다 칼날이 상처를 입히는 검수지옥, 먹고 또 먹어도 결코 배고픔이 채워지지 않는 아귀지옥, 피와 살이 맷돌에 갈리는 석합지옥, 잠시도 쉬지 못한 채 잿물 속에 쓸려 다니는 회하지옥, 펄펄 끓는 물에 삶기는 화탕지옥, 머리에 불을 인 채로 죽지도 못하는 화분지옥, 지옥, 지옥……. 뜨겁거나 차갑거나 가혹하거나 비참하거나 괴롭기 그지없는 지옥은 끝이 보이지를 않습니다.

이야기의 전개방식으로 보아 목련존자는 어머니 청제 부인을 지옥에서 구해냈겠지요? 그 과정에서 내게는 재미있기도 하고 무섭기도 한 포인트가 있었습니다. 무엇보다도 지옥에서 만난 어머니의 몰골이었습니다. 어머니라 하니 어머니지 한 번도 본 적이 없는 몰골이었습니다.

부자였고, 존경받는 집안의 여주인으로서 명령과 지시에 익숙하던 시절은 흔적도 없이 사라지고 머리에 불을 인 채 새까맣게 타들어가며 살려달라고, 고함만 치는 참혹한 존재만 남은 겁니다.

『삼국유사』에서 불국사와 석굴암은 한 사람의 서원으로 지어진 집입니다. 바로 김대성이지요. 그는 현세의 부모를 위해 불국사를 짓고, 전생의 부모를 위해 석굴암을 짓습니다. 얼마나 부자면 그 넓은 불국사와 그 정교한 석굴암을 지을 물질을 보시할 수 있었을까요? 재미있는 것은 전생에 김대성이 가난했다는 겁니다. 너무나 가난해서 부자인 복안福安의 집에서 품팔이를 했습니다. 그러다가 복안이 흥륜사에서 펼쳐질 육륜회를 위해 베 50필을 보시할 때 화주 스님이 하시는 말씀을 들었습니다.

"시주가 보시를 좋아하니 천신이 늘 보호하고 지켜주실 것입니다.

한 가지 물건을 보시하면 1만 배를 얻게 되니 안락하고 장수할 것입니다."

문장만 보면 기복 신앙입니다. 복을 위해 복전을 놓으라 하는 꼴이니. 그러나 모든 신앙의 시작이 기복에서 시작되는 것을 부인할 수는 없겠습니다.

내가 놀란 것은 어쩌면 황당하기까지 한 그 말을 대성이 그대로 믿었다는 것입니다. 어떤 믿음은 사실의 차원에서 따져지지 않습니다. 그런 믿음은 지향성이고 태도입니다. 그런 태도를 지닌 사람의 단순함, 때로 그것은 무서운 힘입니다.

그런 힘이 있었던 대성은 그대로 믿고 어머니에게 달려가 이렇게 말했답니다.

"스님의 말씀을 들으니 한 가지 물건을 보시하면 1만 배를 얻는다고 합니다. 저는 전생의 선업이 없어서 지금 이리 곤궁하니 지금 또 보시하지 않으면 내세가 더욱 곤란할 것입니다. 제가 품팔이를 해서 얻는 밭을 법회에 보시해서 뒷날을 도모함이 어떨까요?"

이렇게 대성은 보시를 하고 얼마 후 죽었는데 그날 하늘에서 국상 김문량의 집을 향해 외치는 소리가 들렸다지요? 모량리에 사는 대성이란 아이가 지금 네 집에 태어날 것이다, 라고. 그렇게 태어난 대성은 전생을 기억해서 전생의 어머니까지 모셔와 봉양했다고 합니다.

"불국사와 석굴암은 한 사람의 서원으로 지어진
집입니다. 바로 김대성이지요."
대성이 현세의 부모를 위해 지었다는 불국사, 다보탑.

『삼국유사』에 나오는 그 황당한 이야기를 읽으며 나는 거기에 절을 짓는 정신이 녹아 있는 것이 아닌가, 했습니다. 절은 바로 우리의 모든 어머니, 아버지를 위한 것입니다. 어쩌면 일연 스님은 그 이야기를 통해 냉정하거나 뜨겁거나 기막히거나 시끄럽거나 한 고통의 바다에서 정신을 잃고 악다구니를 쓰고 사는 중생들이 어쩌면 우리들의 어머니, 아버지일 수 있다는 이야기까지 하고 싶어한 것이 아닐까, 하는 생각도 했습니다.

그러니 목련이 "살려달라", 고함치는 어머니의 절규를 듣고 어머니를 구하기 위해 지옥으로 걸어 들어가는 것은 당연합니다. 그는 옥리에게 대신 지옥에 들어가 어머니의 죗값을 갚겠으니 어머니를 풀어달라고 합니다.

존자가 어찌 어머니의 죄를 대신할 수 없다는 것을 몰랐겠습니까? 다만 지옥의 고통에 머리가 타고, 몸이 타고, 마음이 타고, 타고 또 타는데 물 한 방울 삼키지 못하는 어머니에 대한 안타까움인 거지요. 그 자비의 마음이 부처를 움직이고, 세상을 움직이고, 염라대왕을 움직이고, 마침내 어머니를 조금씩 조금씩 움직입니다.

목련존자는 어머니로 인해 깊은 슬픔을 경험했지만, 바로 그 경험을 통해 깊은 자비의 실천을 시작합니다. 목련존자의 지옥 구제가 시작되는 거지요? '나'를 낳아준, 생명 빛의 어머니를 들끓는 지옥 속에 둘 수 없어 구하러 가는 데서 시작한 지옥행은 지옥을 공부하는 치열한 만행萬行의 시간이기도 하지 않았을까요? 한 사람을 구하려는 지옥행이 지옥의 중생들을 건져야겠다는 서원으로 성장한 것입니다. 부모를 통해 나온 우리는 부모를 통해 지옥을 경험하고 지옥을 충분히 경험한 후에 천국을 만드는 힘을 갖게 되나봅니다.

지옥의 중생들을 위해 이 땅에서 우리가 할 수 있는 일이 경전을 읽어 마음에 새기고, 살생을 하지 않고, '나'와 다른 생명을 아끼고, 마음공부를 하는 이들에게 공양을 올리는 일이라면서요? 그러다보면 겸손을 배우고, 화를 낼 일이 줄고, 욕심을 다스릴 수 있는 힘이 생기겠지요? 원효 대사가 말했습니다.

아무도 막지 않는 천국에 이르는 이가 적은 것은 탐욕과, 분노와, 어리석음이라는 삼독 번뇌로 자기 삶의 살림을 삼기 때문이고, 아무도 유혹하지 않는 악도에 들어서는 이가 많은 것은 4대지地·수水·화火·풍風 색신, 오욕락재물·색·먹는 일·명예·수명으로 허망한 마음의 보배를 삼기 때문無妨天堂 少往至者 三毒煩惱 爲自家財, 無誘惡道 多往入者이 四蛇伍欲 爲妄心寶이라고.

백중엔 어떤 계획을 세우시나요? 꼭 절에 가거나 하지 않더라도 어머니, 아버지와 식사를 하거나 어머니, 아버지를 모시듯 주변의 어른들에게 시원한 콩국수 한 그릇 대접하는 건 어떨까요?

"바빠도 사랑할 시간이 있는 것처럼 바빠도 절할 시간은 있었습니다.
그리고 그 시간은 시간 밖의 시간이었습니다.
그럼으로써 시간은 중심이 되어주고 있는 시간인 거라오."

— 마치면서 —

시간 밖의 시간, 백팔배 속으로

우리는 왜 이 지구라는 별에 태어났을까요? 우리는 왜 21세기 한반도에서 복작복작 살아갈까요? 실존주의자들은 그런 질문조차 싫어합니다. 질문 자체가 마치 존재 이유가 있는 것처럼 우리를 호도하고 있다는 겁니다. 질문 자체가 잘못되었다는 거지요. 존재에는 이유가 없다! 이것이 사이가 좋지 않았던 사르트르나 카뮈 모두가 동의했던 실존주의 명제 중 하나였습니다.

열정의 무게에 짓눌려 살았던 젊은 날에는 실존주의자들을 좋아했고, 그들의 그 강렬한 명제, 존재에는 이유가 없다는 명제를 참 좋아했습니다. 그런데 나이 들수록 존재 이유가 없는 것 같지 않네요.

이상하지요? 살아보니 산 게 없는데, 지나온 세월을 잡을 수 없다는 생각이 들면 들수록, 무상에 사무칠수록 조금씩 조금씩 마음속에 존재 이유가 고입니다. 이제 나는 분명히 믿습니다. 존재에는 이유가 있다고. 그리고 인생은 그 존재 이유를 배우게 되는 학교라고. 그 학교에서 우리는 욕망을 배우고, 고통을 배우고, 사랑을 배우고, 증오를 배우고, 집착을 배우고, 용서를 배워야 한다고. 아무래도 그 학교가 가르치는 최상의 과목은 무상이라고.

그런데 참 학교 다니기가 쉽지 않습니다. 욕망에 시달리기는 쉬운데 욕망을 배워 다루기는 어렵고, 분노하기는 쉬운데 분노를 넘어 진정 분노가 지시하는 걸 보기는 쉽지 않습니다. 그러니 사랑도 어렵고 용서도 어렵고 무상을 체화하기는 더더욱 어렵습니다. 공부하기 어려워 헉헉거릴 때 나는 죽겠다, 소리치며 산으로 갑니다.

자주 산에 드는 사람들의 특징이 있습니다. 수다스러워도 착하고, 말이 없어도 불안하지 않습니다. 그러고 보면 그것은 산을 사랑하는 사람들의 특징이라기보다 산의 정화능력인 셈입니다. 그러니 한반도 어느 산이나 산에 기대 절이 있는 것은 우연이 아니겠습니다. 여전히 고대의 햇살과 중세의 바람이 부는 곳, 영원회귀하는 그곳에서 잃어버린 마음의 보물창고를 열어보는 것이겠지요.

산에 들어서야 비로소 산이 주는 위로에 눈을 뜹니다. 산에 들면 모두가 착해지지요. 북두칠성이 선명한 그곳에선 사람도 착해지고 슬픔도 착해지고 기쁨도 착해집니다. 나는 거기서 그동안 내가 아귀 같고 아수라 같았음을 참회합니다.

아귀를 아시지요? 아시다시피 배는 남산만 한데, 목구멍은 바늘구멍만 한 존재입니다. 당연히 먹어도 먹어도 배가 고픕니다. 쉬지 않고 먹어도 바늘구멍만한 목구멍으로는 남산만 한 배를 채울 수 없으니까요. 우리 사는 세상이 아귀들의 세상 같습니다. 모두들 돈돈돈! 허기에 시달리니까요. 부자는 부자대로 가난하고, 가난한 자는 가난한 대로 가난합니다.

또 아수라를 아시지요? 얼마나 싸움을 좋아하는 존재입니까? 아수라가 사는 세상이 따로 있는 것이 아니라 우리 사는 세상이 아수라장 같지 않으십니까? 왜 그렇게 미운 사람도 많고 싸울 일도 많은지, 욕망의 나라에서 태어나 탐욕이 된 채 탐욕이 된 줄도 모르는 우리는 멀쩡한 얼굴을 하고 속으로 곪아 있습니다. 거친 세상, 그래도 살아볼 만하다고 선하게 눈을 뜨는 이를 사랑하면서도 모두 "네 탓"이라고, "그들 탓"이라고 수군거리며 불평도 많고 불안도 많은 삶으로 스스로 거친 세상이 되고 있습니다.

세상은 점점 좋아진다고 호들갑인데 피부로는 점점 더 악착같아진다고 느끼게 되는 건 팔자 좋은 자의 투정인지도 모르겠습니다. 악착같은 세상에서는 안간힘을 쓸수록 깊은 수렁을 만납니다. 그럴 땐 차라리 힘을 빼야 합니다. 욕심도 내려놓고, 분노도 내려놓고, 고독이 무섭지 않고 친구가 될 때까지!

그런데 희망으로 포장된 내 욕심을, 절망으로 연민을 얻고 있는 내 집착을, 내 번뇌를, 내 이기심을, 그리고 어찌하기 힘든 나의 자기 사랑을 어디까지 놓아버릴 수 있겠습니까?

그렇게 마음이 복잡할 때 나는 절을 합니다. 아주 조금, 절의 매력을 알게 된 나는 절하는 일을 좋아합니다. 그렇지만 운동 삼아 하지는 않습니다. 살을 빼는 데는 절이 좋다고, 고혈압, 당뇨에도 좋다고 절의 효과에 대해 이야기하는 사람을 만났습니다. 그 앞에서 나는 차마, 나도 아침저녁으로 백팔배를 한다는 말을 하지 못했습니다. 비만치료에 효과적이기 때문에, 혈압에 좋기 때문에 절을 하는 것은 절을 하는 것이 아니라 운동을 하는 것일 테니까요. 그건 살이 찌는 것이 두려워 방어하는 행동처럼 느껴집니다.

아침저녁으로 30분 이상씩 절하는 데 할애하고는 살 수 없을 것 같았습니다. 도시 생활이라는 것이 바쁘니까요. 절을 하기 전 나도 그렇게 생각했습니다. 그러나 바빠도 사랑할 시간이 있는 것처럼 바빠도 절할 시간은 있었습니다. 그리고 그 시간은 시간 밖의 시간이었

"우리는 욕망을 배우고, 고통을 배우고,
사랑을 배우고, 증오를 배우고, 집착을 배우고,
용서를 배워야 한다고 배웁니다."

"우리는 왜 이 지구라는 별에 태어났을까요?
왜 한반도에서 복작복작 살아갈까요?"

습니다. 그럼으로써 시간의 중심이 되어주고 있는 시간인 거지요.

사실 절을 하다보면 기쁠 일도, 슬플 일도 없습니다. 이상하지요. 절을 하다보면 느낍니다. 내 속의 느낌들이 모두모두 세례를 받으러 나오고 있음을. 당연히 자연스레 내 속의 느낌들을 돌보게 됩니다. 내 안의 분노를, 두려움을 살피게 되는 거지요. 내 안의 분노를 찬찬히 살피면 내가 받아들이지 못하는 것이 보이고, 내 조급증을 찬찬히 살피면 내가 욕심내고 있는 것이 보입니다. 내 집착을 찬찬히 살피면 나로부터 자유롭고자 하는 관념들이 보이고, 내 고뇌를 살피면 지금까지 내가 살아왔던 삶의 축이 보입니다.

「발원문」의 저 대목은 바로 자기를 돌아보는 돌이킴의 힘을 아는 자의 고백입니다. 활활 타는 무쇳물은 감로수로 변하고, 펄펄 끓는 기름 가마 연꽃으로 화하여서……. 절이든 명상이든 기도든 염불이든 노래든 그림이든 운동이든 사경寫經이든 산책이든, '나'에 맞는 그런 방법 하나 찾아보시지요.

이주향의 삼국유사, 이 땅의 기억

펴낸날 초판 1쇄 2018년 11월 15일

지은이 이주향
사 진 정선자
펴낸이 심만수
펴낸곳 (주)살림출판사
출판등록 1989년 11월 1일 제9-210호

주소 경기도 파주시 광인사길 30
전화 031-955-1350 팩스 031-624-1356
홈페이지 http://www.sallimbooks.com
이메일 book@sallimbooks.com

ISBN 978-89-522-3996-9 00380

※ 값은 뒤표지에 있습니다.
※ 잘못 만들어진 책은 구입하신 서점에서 바꾸어 드립니다.

이 도서의 국립중앙도서관 출판시도서목록(CIP)은 서지정보유통지원시스템 홈페이지(http://seoji.nl.go.kr)와 국가자료공동목록시스템(http://www.nl.go.kr/kolisnet)에서 이용하실 수 있습니다.(CIP제어번호: CIP2018034750)

기획 · 책임편집 · 교정교열 서상미